艾米莉·勃朗特诗全集

[英]艾米莉·勃朗特 著
刘新民 译

四川文艺出版社

图书在版编目（CIP）数据

艾米莉·勃朗特诗全集/（英）艾米莉·勃朗特著；
刘新民译. —成都：四川文艺出版社，2021.1
ISBN 978-7-5411-5605-2

Ⅰ. ①艾… Ⅱ. ①艾… ②刘… Ⅲ. ①诗集-英国-
近代 Ⅳ. ①I561.24

中国版本图书馆 CIP 数据核字（2020）第 151597 号

AIMILI BOLANGTE SHIQUANJI
艾米莉·勃朗特诗全集

［英］艾米莉·勃朗特　著　刘新民　译

出 品 人　张庆宁
策　　划　副本制作文学机构
出版统筹　冯俊华
责任编辑　程　川　周　轶
责任校对　段　敏
责任印制　崔　娜
装帧设计　Tsui-Shichi　黄　几
封面原画　左牵羊
出版发行　四川文艺出版社（成都市槐树街2号）
网　　址　www. scwys. com
电　　话　028-86259287（发行部）　　028-86259303（编辑部）
传　　真　028-86259306

邮购地址　成都市槐树街2号四川文艺出版社邮购部　610031
排　　版　四川胜翔数码印务设计有限公司
印　　刷　成都东江印务有限公司
成品尺寸　140 mm×203 mm　　开　　本　32 开
印　　张　13.5　　　　　　　　字　　数　270 千
版　　次　2021年1月第一版　印　　次　2021年1月第一次印刷
书　　号　ISBN 978-7-5411-5605-2
定　　价　78.00 元

贡达尔的女王

（译序）

　　一百七十多年前，1845 年秋季的一天，在英格兰北部约克郡哈沃斯那所偏僻平静的牧师住宅里，发生了一场小小的"风波"。姐姐夏洛蒂无意中发现并私下披览了妹妹艾米莉的一卷诗稿，为此惹恼了生性内向倔强的艾米莉。艾米莉满脸愠色，不依不饶，足足怄气了半天。然而，"深感这些诗歌绝非平平之作"的夏洛蒂，却不怨不恼，费了整整几天，不仅平息了艾米莉的怒气，还成功地说服她同意出版这些诗作。这场"风波"的结果，是一座孕育已久富蕴才华的三姐妹文学火山的喷发。短短两三年里，三位名不见经传的贫寒女子，向世人奉献出光彩夺目、举世惊羡的文学精品，为英国文学史添上了绚烂的篇章。

　　艾米莉的诗引发了一座真正的文学火山。然而一百七十多年来，艾米莉·勃朗特却主要以小说《呼啸山庄》而闻名于世。《呼啸山庄》的光芒掩盖了她的诗名。其实，平心而论，艾米莉诗歌的成就并不在小说之下。那么，她的诗究竟有些什么特质值得我们赞赏？有什么特殊的魅力，足以令我们倾心？

　　艾米莉的诗，不少和一个名叫贡达尔的虚构的王国有关。这是她从十二岁起，便与妹妹安妮一起创造并终其一生都在构建且尚未完成的史诗。在这史诗中，北太平洋的岛国贡达尔的几大家族众多人物，围绕着史诗主角——美人奥古斯塔·杰拉尔丁娜·阿尔梅达，演出了一幕幕曲折离奇、缠绵深情、慷慨悲壮的动人故事。现存的诗篇据信仅是该史诗的韵文部分，而可以提供故事背景的散文部分却早已湮没（或为艾米莉和安妮生前销毁）。这些诗又不是按情节事件的发展顺序写的，而纯粹是场景、故事、情感的诗化表达，因此既互不连贯，又很难分辨究竟是诗人本人的生活写照或直抒胸臆，还是史诗中的事件或人物的抒怀陈情。由于史诗结构复杂，事件纷繁，人物众多，场景角色频频转换，思想感情又极为丰富，这一切犹如电影蒙太奇的层层叠合幻化，更显得扑朔迷离，神秘莫测。因此，艾米莉的诗常常给人一种奇峭迷蒙、遥远神秘的感觉。

然而，在贡达尔故事背景造成的神秘朦胧中，却清楚地凸现出艾米莉诗歌的一些令人难忘的特点。首先，相当多的诗篇极其鲜明生动地描绘了大自然的风物景色。显然艾米莉有意将大自然作为自己的重要审美对象，并在其中寄寓了自己的种种感情。托名为贡达尔的一切奇丽风光，那些微风中摇曳生姿的风铃花，星空下善解人意的石楠丛，天鹅绒般沾满露珠的草地，那晨曦晚霞、春光秋月、风暴飞雪、蓝冰冷雨，无一不是诗人故乡约克郡荒原的生动写照，辽阔、粗犷、雄浑的荒原在诗人笔下显得多姿多彩、有声有色，诗人在其中倾注了深厚感情：

我们欢快地起来，当暮色苍茫
熔成一片蔚蓝和琥珀色之际；
我们的脚步轻捷得像插上翅膀，
飞快地越过沾满露水的草地。

即便是在北风毫无遮拦地掠过荒原、万木萧疏的严冬，诗人对故乡的原野仍一往情深。正如夏洛蒂指出的："我妹妹艾米莉爱荒原。在她眼中，最幽暗的石楠丛会开放出比玫瑰还要娇艳的花；在她心里，铅灰色的山坡上一处黑沉沉的溪谷，会变成人间乐园。"[1]被誉为"荒原骄子"的艾米莉，那种对故乡深沉执着的爱，犹如暴风雨后旷野上掠过的清新的风，给我们带来阵阵沁人的气息。

艾米莉的诗作大多为抒情诗，其抒情主体常为贡达尔故事的人物。抒情诗的内容极为丰富广泛，而情感也极其真挚、炽烈、深沉。以不同的角色身份，抒发人生种种感情，其喜怒哀乐爱恨惧，无不动人，是艾米莉诗又一显著特点。特别是其中的一些爱情诗，更是写出了主人公的至情至爱，具有震撼人心的力量。《呼啸山庄》里希思克利夫和凯瑟琳的爱刻骨铭心，生死不渝，炽热猛烈强悍，贡达尔史诗中的人物，爱得也毫不逊色。如那首著名的《忆》，写奥古斯塔回忆她的情人朱利斯：

你在冰冷的地下，又盖了厚厚的积雪！
远离人世，独自在寒冷阴郁的墓里！

当你最终被销蚀一切的时间所隔绝，

唯一的爱人啊，我何曾忘了爱你？

全诗表现那种"此恨绵绵无绝期"、逾越了生死界限的情人间的思念，表现出蔑视死亡、萦回不散的强烈感情，真正一唱三叹，回肠荡气，极其哀婉动人，因而曾被誉为"英语中最伟大的个人抒情诗之一"[2]。

艾米莉诗歌的又一特点是诗中充满了对自由的渴望和追求。夏洛蒂在1850年所写的《〈艾米莉·勃朗特诗选〉序》里说过："她胜过一切、最最热爱的是——自由。自由是艾米莉的鼻息；没有自由，她就毁灭。"如果说贡达尔史诗以奥古斯塔的生平线索为经线，那么，渗透在史诗众多事件和人物的思想行动中的追求自由的精神便如纬线。史诗中的人物崇尚自由，英勇抵抗侵略，反抗专制暴政；即使身陷囹圄，仍坚强不屈。有几首长诗便表现了关在土牢中的囚徒对自由的强烈向往和对祖国故乡的怀念。在一首小诗中，诗人这样宣告：

我若祈祷，那唯一祷文

能让我启唇开口

只有："别扰乱我这颗心，

请给我自由。"[3]

许多诗篇中都充溢着这种独立不羁的精神。艾米莉刚强的天性、自由自在的心灵容不得半点的羁绊约束。她笔下无论是贡达尔史诗还是《呼啸山庄》中的人物，无不崇尚向往自由，并追求灵魂精神的解放。

艾米莉·勃朗特生活和创作的年代，英国浪漫主义已趋衰落，但其影响依然存在。夏洛蒂和勃兰威尔曾先后给当时的桂冠诗人骚塞和华兹华斯写信并寄去诗稿，可见三姐妹读过不少浪漫主义诗人的作品。艾米莉诗歌的上述特点，便显示出浪漫主义诗歌的影响。在大自然中寻求灵感、寄托情思接近华兹华斯，而诗中澎湃的激情和对自由的热烈渴望又更多有着拜伦、雪莱的声音。然而，作为一名天才诗人，艾米莉在继承浪漫主义及一切优秀传统的同时，又不为所囿，不落窠臼，无论诗歌的内容和艺术手法，都有所创新突破，从而表现出一些新的特色。这主要可概括为以下三个方面。

1. 两极对立的意象体系

意象是渗透着诗人主观感受的客观物象。大千世界的无数景物被诗人融入自己的审美情趣和感情色彩后，就成为诗歌的意象。艾米莉诗中的意象丰美纷披，而且这些意象又往往呈现对立的两极，从而构成一种强劲的艺术张力。

风暴是艾米莉钟爱的意象之一，在许多诗中频繁出现。风暴是宇宙间不可知的神秘力量，常常带来厄运：

让风暴更疯狂猛烈地刮起，

让山间的积雪高高飞扬——

再见，不幸的没有朋友的孩子，

我受不了看着你夭亡！

女主人公奥古斯塔的一生充满了风暴——种种失意、挫折、痛苦和不幸。而她的孩提时代（第1—3首）生活则是一片宁静，如温暖舒适的"秋夜"，如"晴空丽日下的大海"。贡达尔史诗中不少人物的命运，常出现风暴和宁静的两极，使史诗故事笼盖了一层神秘的氛围。

　　土牢（包括镣铐、铁栅、枷锁等）是艾米莉诗中特有的意象，那是个阴暗潮湿、寒冷绝望的世界。至少有近十首诗写到囚徒在土牢里受尽煎熬：

那辗转不安的沉痛心境，

紧咬牙关又瞪大眼睛；

充满怨恨、痛苦与不幸，

当没有一点希望的火星

闪耀在命运多舛的天空；

与此相对立的是家园、蓝天、旷野、大海、太阳等让人感到无拘无束、温暖明亮自由的天地。土牢的阴森与阳光的灿烂也形成明暗强烈的对比：

若感到寒冷，沉闷的天上

便应泻落灿烂的阳光，

　　以瞬息即逝的辉煌，

　　镀亮那阴湿黑暗的狱墙。

　　土牢的意象又和坟墓意象紧密相关。它们都是死亡的代名词。黑暗阴森冰冷的坟墓意象一再出现，往往伴有鬼魂出没，并有可怕的梦魇。与此对立的则是仿佛具有知觉灵魂的石楠、风铃草、泉水、碧草和小鸟等意象。诗中几乎无处不在的石楠则是生命力的象征：

　　它轻轻地说："邪恶的石壁压迫我，

　　但去年夏天的阳光中我仍花开缤纷。"

　　以上两组意象体现了囚禁与自由、生与死的矛盾对立。然而，在艾米莉看来，死并非是生命的终止，灵魂也无法囚禁，因此诗中墓地常常与石楠为伴（在《呼啸山庄》的结尾，我们也看到三块墓碑坐落在石楠丛和风铃草的簇拥之中），土牢中会飘进雪花，透进阳光，囚徒的心永远在自由的天地里翱翔。除此以外，诗中对立的意象还有夜色与黎明，11月的萧瑟阴郁与5月的鲜亮繁茂，黑发男孩与金发女孩等。

　　这种意象的张力结构的背景当然还是浪漫主义诗潮。正如英国文学理论家考德威尔评济慈诗歌时所云，诗人们鼓起看不见的诗翼，"离开日常可怜、严酷、真实的世界，逃到一个浪漫、美好和给人以享受的世界中去，而这个浪漫世界比照了那个现实世界，并由于其本身的可爱，而对现实世界进行了无言的谴责"[4]。在浪漫主义诗歌的旗手们那里，暖色的世界是非常实在和明确的，如地中海明媚的阳光一样。但在艾米莉诗歌的张力结构中，情况有了些变化。诚然，她虚构了一个贡达尔王国来"逃离"清寒阴抑的牧师之家。不过，她采用的意象要自然、虚拟得多，石楠还是石楠，而不是一只让济慈心潮澎湃的希腊古瓮。当诗歌旗手们"逃"向煦暖的爱琴海岸和亚得里亚海岸去伤怀吊古或操戈抗争时，艾米莉只能在狭小的世界中怅望寒砭的荒原上郁郁的石楠。因而，在同一浪漫主义诗潮中，别人在暖色世界的对照下，对现实世界从无言的谴责转向愤怒的叫喊乃至激烈的反抗，而艾米莉在孤诣独往中无言地沉默。她用更精细、伤感的笔触展现了一个极富艺术张力的意象世界，那里轻盈的雪花飘进了阴暗的土牢，荒凉的原野上微风不经意地抖落几茎草叶上的露珠……

2. 情境统一的象征结构

据德国哲学家加达默尔的考证，"象征"一词在希腊文中的原义是指破瓮的陶片，人们可以通过破碎的陶片重新建构起原初完整的形象；真正意义的象征肯定有一次"分裂"，浑整的世界断裂为二，从一个世界看到另一个也许不复存在的世界。在这种意义上，当我们说艾米莉诗歌承浪漫主义诗潮之余绪，孤冥独往于"冷暖"色调对比强烈的两个世界时，我们就有理由承认，她创造的意象世界有着深刻的象征意蕴。这其中饱含着她对世界对人生深邃的敏悟和洞察。尤其是作为故事背景的大自然，在表现主题、传情达意方面，比起任何其他作家诗人的作品，起着更大的作用。诗人笔下的自然，很少风和日丽、明媚宜人，而大多严酷冷峻阴郁，充满风暴阴云、冻雾冷雨，并显得肃杀孤寂荒凉。一境一景，无不蒙上沉郁而又强烈的感情色彩，使情境合一，主观心境与客观物象浑然一体，并成为强有力的象征。我们在大量诗篇中都可以感受到诗人着力营造的抑郁阴森的氛围：

> 我看见四周可怜的灰色墓碑
> 延伸出的阴影望不到尾。

> 她伫立着看铁一般的乌云
> 散开，阳光从云隙洒落
> 那么阴郁怪异惨白峭冷。

有一首诗描写夜半寒风刮进破碎的玻璃窗，送来断续而凄楚的呻吟，窗外幽灵般的蒙着白雪的树枝，碰擦着栏杆，凄厉的声音犹如垂死者生命的游移，于是

> 一个朦胧可怕的梦魇，
> 梦里依稀昔日的景象，
> 记忆那折磨人的光线，
> 一再掠过我的头上。

另一首诗写一位尘世的孩子，在"披着阴云丧服"、狂风大作的"沉郁的冬夜"，在暗淡的灯光下：

> 那双小手徒劳地推出，
> 想把虚幻的恶魔驱逐，
> 他眉额间铭刻着恐怖，
> 内心充满了极度痛苦。

这样形象鲜明的特写镜头，衬着破屋昏灯冬夜风暴的背景，一下子便深深印入读者的记忆，令人久久难忘。而且这种情境合一的特写，不是孤立偶然的巧合，而是更广大背景——贡达尔，甚至整个世界的缩影，正如呼啸山庄作为整个社会的缩影一样，于是便被赋予了普遍的象征意义。

艾米莉的诗具有一种抑郁的悲剧特质，仿佛世上万物莫不凄婉。以我观物，"物皆着我之色彩"。诗人看花：

> 但它们一生都在悲愁中苦挨，
> 无可挽回地郁郁凋零。
> 我十分悲伤，因为我明白，
> 那凄凉的零落反映了我的命运。

诗人听琴，琴声奏出的俱是悲音：

> 它们浸染了记忆的灰色，

> 如片片驶来的风帆，
> 将我的太阳完全遮没
> 使仲夏的天空一片昏暗。

这份凄切和哀伤源于诗人充满悲苦记忆的身世，源于诗人对社会对人生的敏锐深刻的观察。她忧郁的心灵，正如波德莱尔和爱伦·坡一样，时时为着社会的黑暗人性的恶而深感痛苦不安，因而蕴蓄为悲剧的激情，发为沉郁的诗句。

环境背景的压抑阴森和情感思绪的悲郁激烈相撞击，形成艾米莉诗歌粗犷、忧郁、崇高、刚强的风格。诗中充满奇特沉郁的力量，不带丝毫闺阁诗通常有的柔媚轻婉。这又和诗人的身世、性格、气质有关。有一首小诗这样描述了诗人所处的客观环境：

> 周围的夜色越来越深沉，
> 狂风冰冷呼啸不已；
>
> 头顶是层层叠叠的乌云，
> 脚下是无边的荒地，

而诗人面对恶劣的环境，却斩钉截铁地宣告：

> 但一切阴郁无法撼动我半分；
> 我不能，也决不离去。

"比男人还要刚强，比小孩还要单纯。"——夏洛蒂的两句话，概括了艾米莉举世无俦的性格，也解释了她的诗歌风格的成因。

3. 神秘奇异的内心体验

艾米莉极其狭小的生活空间，极为内向的性格和耽于幻想的气质，使她日渐沉湎于独自构造深藏不露的文学想象世界中。这种想象由于赋有天才、充满激情而经常达到白热化的程度。因而她的诗中经常有一些十分玄秘独特的奇思，反映出诗人种种神秘的内心体验。当艾米莉在荒原上独来独往漫步时，当她在夏夜的山头上仰望星空沉思默想时，当她夜间独自在那间壁橱般的小卧室里潜心构思时，她一定精骛八极，心游万仞，全身心沉浸在一种精神创造的奇幻境界中。题为《哲学家……》《白日梦》《致想象》等许多诗，生动地反映了这种内心的奇妙体验。她的想象的奇特，体验的真切，几乎可以说前无古人。那种神秘体验的逼真描述，莫过于一首题为《朱利安和罗切尔》的长诗中的一些段落。那是一位身陷土牢的年轻女囚，追述她的内心体验：

他驾着西风缓缓来，像傍晚漫步徐行，
披了天上的夜色和满天繁密的星星，
轻风的调子忧郁，群星的光芒温柔，
稍纵即逝的幻象令我渴盼得无法忍受——

渴盼着在我的成年时代所未知的东西，

当计数未来的苦泪时，欢乐变得疯狂着迷；

当我心灵的天空充满了温和的闪光，

我不知它们哪儿来，来自风暴或太阳；

但首先一阵沉默，陷入无声的寂静，

结束了苦恼和热切渴望之间的斗争，

无声的音乐抚慰我的心——冥冥中的和谐，

那是我至死都无法梦想到的音乐。

大段栩栩如生的描述，将玄秘虚幻的心灵体验如此形象生动地表达出来，并始终散发着力量和信心，回响真实的声音，这在古今中外的诗歌中是极为罕见的。由于艾米莉作品的素材几乎纯粹来自她沉思默想的幻景，而她非同寻常的生平、个性和天才又给了她非同寻常的想象和体验，因此她的作品，无论小说和诗歌，在文学史上都绝无仅有并后继无人。20世纪的不少现代主义诗歌刻画描写人的内心世界和种种潜意识，接近内心体验，但那已是大半个世纪后的事了。

艾米莉超常的想象和体验，在爱情题材上得着最充分的发挥。英国作家毛姆在谈到《呼啸山庄》时说过："我不知道还有哪一部小说，其中爱情的痛苦、迷恋、残酷、执着，曾经如此令人吃惊地被描绘出来。"而艾米莉诗歌中所表现的爱情的痛苦、迷恋、残酷、执着，并不亚于小说。贡达尔史诗的几位主要人物，都迷恋奥古斯塔而至疯狂的程度，甚至殉情自杀。另外几对情侣也都遍尝了恋爱的酸甜苦辣。个中的三昧七味全都表现得那么真切细腻微妙，令人不能不叹服诗人主观感受体验能力的出神入化。毕竟，艾米莉短短的一生，少女的心扉从不曾得到爱情的轻叩啊。

总的来说，艾米莉诗歌的抒情方式是倾向于内敛的，那种扩散式的宣泄不符合她的气质。她是个游离于时代文学主流之外的体验型的诗人。上文我们分别从她的意象结构、象征意蕴、体验型的创作心理特征三方面入手，大致勾勒了艾米莉诗歌的艺术创作特色。这种特色的成因是相当复杂的，我们只想指出一点，一个诗人是无法脱离社会的，但是他／她的作品可以相当脱离现实世界。考德威尔说："任何人无法单纯制作随意的诗篇。如果这些诗篇缺乏社会的联系，它们就是个人的，而艺术作品越是和社会对立，那么大胆造出的同社会绝缘的个人联想也就越多——怪僻、奇特而玄妙。"[5]这话虽稍显绝对了些，但对于艾米莉创造的诗歌的意象世界来说，也是种言之成理的解释。

艾米莉的诗歌语言也寓有自己的特色。她善于用极普通的词语创造极鲜明的形象，常常会有些令人过目不忘的诗眼佳句。例如"永恒的死亡之海"，"出身泥尘的孩子"，"未来之门"，"每颗星都如垂死的记忆"等等。她还善于运用不少颜色词——金黄、银白、蔚蓝、翠绿、鲜红，描摹出原野丛林或天空的色彩，有时候则用常见的自然现象暗示色彩。她大量运用表示明暗对比的形容词和动词，使诗中画面和形象富于立体感。她的诗歌语言精练、简洁有力，节奏韵律自然明快。她使用各种诗体、诗节和音步，但用得较多的是四音步、抑扬格、四行诗体。

艾米莉虽然具有非凡的诗才，写诗却十分严谨刻苦，往往几易其稿，反复修改。她的全部诗作，除1844年2月誊在两卷稿本上的七十六首外，其余均是未定稿。她生前（如本文开头所述，经夏洛蒂反复劝说），仅发表了其中二十一首，收录于1846年5月三姐妹自费出版的《柯勒、埃利斯、阿克顿·贝尔诗集》。1848年12月艾米莉不幸去世后，夏洛蒂于1850年12月再版《呼啸山庄》，从艾米莉的遗作中又选出十七首附于书后发表。在相当长一段时期里，人们所能读到并据以评论的仅是这三十八首诗。夏洛蒂及其丈夫先后辞世后，艾米莉的大批诗稿几经辗转流落。直到1941年才由哈特菲尔德先生搜集艾米莉诗作手稿及抄件共得一百九十三首，经仔细校勘，尽量恢复原貌，出版了《艾米莉·勃朗特诗歌全集》。而这离诗人去世，已过了差不多一百年。

艾米莉·勃朗特诗歌的艺术价值和文学成就，长期没有得到应有的重视和恰当的评价，有着众多原因。文本的不全仅是其中之一。贡达尔故事背景长期不为人所知，史诗的散文部分的缺失造成或增添了阅读鉴赏评论的障碍，也都是重要原因。况且，英国是个诗歌传统悠久的国家，经过文艺复兴和浪漫主义两大高潮，任何人要想在诗坛上一鸣惊人有所建树，都不是件容易的事。而艾米莉的《呼啸山庄》先遭贬抑后又极受褒扬的命运，也转移了评论家们的注意力。维多利亚时代是英国小说的盛世，犹如戏剧之于伊丽莎白时代。小说比诗歌更受读者和评论界重视。当人们认识到《呼啸山庄》的价值、好评鹊起之后，其文名掩过诗名便成为必然的结局。

艾米莉诗歌的第一位读者是夏洛蒂。夏洛蒂"对它们惊人的杰出深信不疑"，感到"它们如同号角，声声打动了我的心"，"我知道，凡是在世上生活过的妇女，没有一个写过这样的诗，它们精练而有力，清澈明净，精美完善，奇特的强烈的哀婉情调是它们的特征"。[6] 维多利亚时代的著名诗人、评论家马·阿诺德在一首凭吊勃朗特三姐妹的诗中赞颂艾米莉：

心灵的力量，激情，哀婉剽悍
殊世无双。[7]

20 世纪的著名作家、评论家弗吉尼亚·伍尔夫则说："她（艾米莉）展望世界，看到这个世界分崩离析，杂乱无章，感到她内心有一股力量，要在一本书里把它统一起来……在她的诗里，她一举做到了这一点，或许她的诗会比她的小说寿命更长……她的才力，乃是一切才力中最罕见的才力。"[8]《朗曼英国文学指南》在介绍艾米莉时则开门见山地称她"被认为是英国文学中最伟大的女诗人"。看来，经过百余年岁月的淘洗考验，艾米莉的诗歌天才已获得广泛承认，她作为英国文学史上最杰出女诗人的地位已经确立。她的诗人选了英国19世纪和20世纪二十二位第一流诗人的诗选。她的诗内容新奇深刻，形式完美，风格强劲有力，语言精练，感情真挚，艺术手法上具有一定的超前性，开意象、象征的先河，因而获得广泛赞誉和高度评价。岁月流逝，大浪淘沙，毕竟没有埋没闪光的金子。

我国读者对艾米莉·勃朗特并不陌生。小说《呼啸山庄》早在1930年便有了中译本，半个多世纪已先后有七八个译本问世，在读者中产生了相当大的影响。然而，艾米莉的诗歌却至今译介得极少（据笔者所知，共仅十余首短诗，皆近年译介）。这对于全面认识、理解和评价艾米莉及其文学成就十分不利。事实上，就其一生的文学活动而言，艾米莉首先是一位诗人。她的诗歌和小说有着极为密切的渊源关系，只有读过她的诗，才能更深刻、全面理解小说《呼啸山庄》。

英国著名诗人史文朋在评论勃朗特两姐妹的作品时说："姐姐所有的作品都富有诗的意境，诗的情感和诗的细节；但妹妹的作品却在本质上断然就是一首诗，最充分最肯定的意义下的诗。"《呼啸山庄》之所以被公认为如一首优美动人的诗，当然和艾米莉的非凡诗才分不开，和她勤奋刻苦的诗歌创作实践分不开。可以说，没有长达十余年的贡达尔史诗的酝酿、构思和创作，就不会有《呼啸山庄》。

译者在翻译本书的过程中，参阅了范妮·拉齐福德女士的《贡达尔女王——艾米莉·勃朗特的诗体小说》（得克萨斯大学出版社，1955）一书，并先后阅读了夏洛蒂、艾米莉的传记、书信、作品评论及有关贡达尔史诗的不少资料，对贡达尔的人物关系、故事梗概、场景变化及每首诗每个角色的情感脉络等做了些研究，对于某些诗与艾米莉本人的生活和思想的关系也探幽析微，有所考察，从而力求对每首诗的背景有较正确的把握。翻译中曾反复吟读原作，体会其感情及语言风格特色，力求译诗能一一转达，以在译入语中产生同等的阅读感受和效果。艾米莉原诗大多音步韵式比较严整，译作也力求保持一定的格律，基本上按原诗韵式押韵。译者并未有意识规范音步的对应，只求读起来顺畅且诗句大致整齐。对译诗语言则几度酌改，用力较多，以求如原诗一样精练简洁，富有诗意诗味。原诗大多无标题，有些仅以人物名字的字母缩写为题。除个别名字缩写无法索解外，均按原诗样式译出人名作诗题，原诗若无题则以首行为诗题。

　　翻译艾米莉·勃朗特的诗，心头常常会涌动同情、痛惜、敬佩和仰慕之情。眼前仿佛时时闪过这位"比男人还要刚强，比小孩还要单纯"的奇女子在荒原上独来独往的身影，或者看到她正满脸愠色，不依不饶，站在我的面前，一如一百七十多年前夏洛蒂发现她的诗稿，惹起一场"风波"时那副神色。于是我诚惶诚恐，丝毫不敢疏怠，唯恐辱没了这位赍志而殁的奇女子的诗名。尽管如此，限于译者水平，译诗必定还有难如人意之处，祈望专家和读者指正。

刘新民

2018 年 12 月 20 日

1　夏洛蒂·勃朗特于 1850 年所写的《〈艾米莉·勃朗特诗选〉序》。

2　《当代英美诗歌鉴赏指南》第 165 页，伊丽莎白·朱著，李力、余石屹译，四川人民出版社，1987 年版。

3　为了纪念勃朗特三姐妹，1939 年在威斯敏斯特教堂的诗人之角，在莎士比亚纪念碑附近的墙上，安置了一块石雕，上面刻有这首小诗的最后一行："又有勇气承受。"

4　《考德威尔文学论文集》第 95 页，考德威尔著，赵澧译，百花洲文艺出版社，1995 年版。

5　《考德威尔文学论文集》第 112 页，考德威尔著，陆建德译，百花洲文艺出版社，1995 年版。

6　《勃朗特姐妹研究》第 58 页，杨静远编选，中国社会科学出版社，1983 年版。

7　《勃朗特姐妹研究》第 617 页，杨静远编选，中国社会科学出版社，1983 年版。

8　《勃朗特姐妹研究》第 296 页，杨静远编选，中国社会科学出版社，1983 年版。

目　录

清冷湛蓝的黎明 ……………………… 1

天将放晴还是转阴 ……………………… 2

告诉我，告诉我…… ……………………… 4

那激荡人心的音乐之声 ……………………… 5

高处的石楠在狂风中飘摇 ……………………… 6

森林啊，你不必对我皱眉 ……………………… 8

知更鸟啊…… ……………………… 9

昨夜几乎是一个通宵 ……………………… 11

奥古斯塔（夜半的明月……） ……………………… 12

我终日辛劳…… ……………………… 16

世上唯独我…… ……………………… 18

暴风雨之夜已经过去 ……………………… 20

不幸的日子啊…… ……………………… 23

盛夏的一天…… ……………………… 24

上帝啊！那恐怖的梦 ……………………… 27

奥古斯塔致亚历山大 ……………………… 31

战斗的高潮已经过去 33

当夏日的白昼渐逝 34

宁静的蓝天上没沾染一片雾 35

只有几片嫩绿的草叶 36

日已西沉，颀长的野草 37

夫人，可能有那么一次 38

最初沉痛哀思了一小时 39

风啊，请在石楠里歇息 40

久久不事妆饰…… 41

黎明醒来在天上欢笑 42

我独自坐着…… 43

风琴奏鸣，军号响彻 45

城市摇摇欲坠的墙上 46

已近黄昏时分…… 49

古老的教堂钟楼和围墙 50

诗行（安息之处……） 51

请相信这颗忠贞的心 53

奥古斯塔（睡眠未带来……） 55

我坚强地挺立…… 57

周围的夜色越来越深沉 58

我会在你最伤心时前来 59

我原本会按动天国的音键 60

致雪花 61

朱利斯·安戈拉之歌 63

诗行（我死了……） 64

母亲啊，我并不后悔 ………… 65

你的人生刚刚开头 ………… 69

当我的灵魂逸出本体 ………… 70

都在屋里却一片寂静 ………… 71

依阿妮目光呆滞暗淡 ………… 72

那些原先崇拜我的人 ………… 73

葬在深深的静静的墓中 ………… 74

当我跪在你的石碑前 ………… 75

啊，来吧，是什么绊索 ………… 76

你是要等那田野绿遍 ………… 77

风暴掠过庄园…… ………… 78

睡在这儿又有什么用 ………… 79

黄昏啊，为什么你的光如此悲哀 ………… 80

事情已经过去…… ………… 81

大教堂宽敞的侧廊一片寂静 ………… 82

啊，别将我耽搁阻拦 ………… 84

每张脸上都密布了阴云 ………… 85

竖琴的曲调如梦如痴 ………… 86

奥古斯塔（为什么我恨……） ………… 87

奥古斯塔致阿尔弗雷德 ………… 89

唱给亚历山德拉的歌 ………… 91

格伦尼登之梦 ………… 92

没有一个亲人现在能够分辨 ………… 96

盛夏酷暑中也常会有…… ………… 98

孤独地坐在她的窗前 ………… 99

孤寂的田野里有两棵树 100

那些是什么烟，原先静止不动 101

她伫立着看铁一般的乌云 102

去吧，去吧，且将我留在 103

它将不再闪耀光芒 104

只有一人亲眼见他死去 105

埃尔比湖畔黄昏已尽 106

埃尔比的旧厅，现已倾圮 107

道格拉斯逃亡 108

女郎致她的吉他 113

阿瑟·埃克锡纳致—— 115

夕阳正渐渐落入 116

树叶坠落，花儿凋残 117

朱利斯致奥古斯塔 118

朱利斯与奥古斯塔诀别 120

奥古斯塔（你们都在哪里……） 122

我停步在门槛上举头遥望苍穹 123

啊，和我一起来吧…… 124

费尔南多致奥古斯塔 125

美梦啊，你现在何方 128

当美丽的白天装饰了大地 129

他伫立在清冷的月光下 130

阴郁的峡谷中阵阵喧嚣 131

满天繁星会带来吉兆 132

狂风在外面喧嚣 133

再待一会儿，只不过片刻 137

多寂静，多幸福…… 140

风铃草 142

夜色深沉黑暗…… 145

奥古斯塔（冬季的洪水……） 149

格伦尼登之歌 150

歌（国王朱利斯……） 153

诗行（晴和澄澈的蔚蓝天宇） 155

致风铃草 159

五月的鲜花盛开 161

克劳迪娅之歌 163

不知不觉地它竟已降临 165

1827年1月10日写于返回训海宫之时 166

一月又一月，一年复一年 169

她揩干眼泪…… 170

此时此刻…… 171

告别亚历山德拉 174

过来，孩子——是谁赋予你 177

致奥古斯塔 179

别往那墓上洒泪 181

阿米多斯 183

山上的云雾已渐散开 185

你将逗留多久…… 186

不是傲慢，不是羞辱 188

夏日的黄昏美妙地降临 190

奥尔考纳啊⋯⋯ 192

歌（啊，在悲痛和欢乐之间） 195

那时候我的脸颊会阵阵发热 197

我听到风在不断叹息 199

爱情和友谊 201

同情 202

咳，有人嫉恨有人鄙视 203

凛冽的风从树上 205

他的王国会砸碎痛苦的锁链 206

不必惊慌！阳光正圣洁安宁 208

我常常听到风声渐猛 209

我一直在绿树林里徐行 210

那阴森森湖面黑沉沉夜空 212

当生命终了⋯⋯ 213

她在温软的胸前 214

我凝视你诚挚的眼睛 215

费尔南多写于加尔达恩狱洞 216

欢笑已经远远地躲离 221

现在叫你已经太晚 224

我不会因你离去而哭泣 225

奥古斯塔致阿尔弗雷德 226

假如分担悲痛能感动你 229

这是月光，夏夜的月光 230

夜风 231

格伦尼登（？） 233

让你渗液的树枝在那里 236

奥古斯塔之死 237

它像我一样异常孤独 255

我认为这颗心应当休息 256

我从不稀罕财富 257

大地不再触发你的灵感 258

是啊，正是它…… 260

我看见四周可怜的灰色墓碑 262

杰拉尔丁娜 265

罗西娜 268

阿尔弗雷德致杰拉尔德 273

阿米多斯和安杰莉卡 275

写于阿斯平城堡 278

自问 284

泽罗那的陷落 287

她闪耀得多么清丽明亮 292

致阿尔弗雷德 295

格伦尼登致玛丽 297

已是夜间，在那高山 299

要是我心中有过错误荒谬 300

是的，无论你躺在什么地方 301

告诫和回答 303

罗德里克·莱斯利 305

希望 307

那是在昨日的破晓时分 309

城堡的林中 …………………………… 312

我的安慰者 …………………………… 314

奥古斯塔致阿尔弗雷德 ……………… 317

白日梦 ………………………………… 319

埃尔德雷德致奥古斯塔 ……………… 323

来散步吧，和我一起 ………………… 326

歌（红雀在岩石谷中翻飞） ………… 328

致想象 ………………………………… 330

来吧，风也许永远不可能 …………… 332

为我辩护 ……………………………… 334

信仰和失望 …………………………… 337

写于南方监狱的牢墙上 ……………… 341

道格拉斯致格伦尼登 ………………… 345

1826年9月奥古斯塔写于北方监狱

土牢墙上 …………………………… 349

哲学家…… …………………………… 352

忆 ……………………………………… 356

死亡 …………………………………… 358

星星 …………………………………… 360

一千种幸福的声音 …………………… 363

两个孩子 ……………………………… 365

两个孩子 ……………………………… 368

期望 …………………………………… 370

写于北方监狱土牢墙上 ……………… 373

朱利安和罗切尔 ……………………… 375

我的灵魂绝不懦弱 ·····································383

为什么要问日期和地点 ······························385

何必问何时何地 ·····································397

屡遭责难，却总是再三回首 ······················399

清冷湛蓝的黎明

清冷湛蓝的黎明
高高伸展出苍穹；
清冷湛蓝的沃纳湖水
映出冬日的碧空。
月亮已落，启明星闪烁
一颗恬静银白的星。

天将放晴还是转阴

天将放晴还是转阴？
黎明曾那么灿烂；
但或许惊雷会震撼天庭，
在太阳下山之前。

夫人，请看那阿波罗的旅行，
那预兆着贵公主的身世——
假如他的光穿透夏日云霓，
静静地温暖整个大地，
她的日子会像个美梦，伴一片甜甜静谧。

假如天色转暗，假如天有阴云
遮去了光，召来了雨，
或许有花开，也有芽萌：
但花蕾花瓣均属空虚，
她的日子会像场悲剧，充满泪水、痛苦和忧虑。

假如风儿清新又自由，
蓝天万里无云清澈辽阔，

树林田野和金色的花朵

沾满露珠在阳光中闪烁，

她的日子会带着荣光，穿越世间沉郁的广漠。

1836. 7. 12

告诉我，告诉我……

告诉我，告诉我，微笑的孩子，
过去的你像什么？
"像秋日黄昏，温暖恬适，
风儿轻轻吟叹悲歌。"

告诉我，此刻的你又像什么？
"像一条叶绿花繁的树枝，
上有小鸟歇息片刻
以积蓄力量向蓝天展翅。"

快乐的孩子，那你的未来？
"像那晴空丽日下的大海：
浩瀚辽阔，辉煌灿烂又绚丽，
延伸出永恒的无边无际。"

那激荡人心的音乐之声

那激荡人心的音乐之声，
那佳节庆典的荣耀壮观，
那遍地生辉的显赫兴盛，
已如尘世的欢乐一去不返。

被那艳丽的夫人遗弃，
她从他们中间悄然而过，
双手蒙着脸想掩饰抽泣，
却难抑泪珠扑簌簌掉落。

她匆匆穿过外间的大厅，
从幽暗的门廊登上楼道，
夜风正在那儿轻轻低吟
它凄清寂寞地颂诗晚祷。

高处的石楠在狂风中飘摇

高处的石楠在狂风中飘摇，
夜半的溶溶月色闪闪群星下，
黑暗和光明欢聚在一道，
若九天下坠而大地崛起云霄，
将人的灵魂释放出阴郁的地牢，
碎了重重镣铐，折了层层铁栅。

狂风给山下的野林注入生命，
激起阵阵林涛震天动地；
汹涌的河水将堤岸冲决荡平，
不羁的激流在山涧河谷奔行，
翻卷漫溢的洪水又宽又深，
在身后留下荒芜的沙碛。

乌云低垂，电光闪闪，风时紧时缓，
从午夜到正午一刻不停；
时而呼啸如雷，时而乐音轻婉，
乌云层层叠叠奔涌翻卷，
闪电耀亮划破深沉的黑暗

来去迅捷得只在一瞬。

1836. 12. 13

森林啊，你不必对我皱眉

森林啊，你不必对我皱眉；
幽灵般的树啊，那么悲愁落寞，
在阴沉的天空下摇着头，
你不必那么刻薄地嘲弄我。

知更鸟啊……

知更鸟啊，在这么清冷
阴暗又灰蒙蒙的凌晨，
你奔放亲切的歌声，
驱尽我心头的怨愤。

我的心并不感到狂喜，
我的双眼盈满清泪，
持久的悲哀凝在眉际，
这可是多年的积累。

瞬间毁灭的不是希望，
风暴中灵魂依然平静；
但人生久长的寂寞索居，
熄灭了希望也压抑思绪，
如沉静的十一月惨淡阴冷。

那它唤醒了什么？有稚童
离开了父亲的茅屋，
夜间凄凉的月色之中，

孤寂地卧在旷野荒芜。

那声音你我都已听清，
你听来如天使甜美的歌声，
于我那却如痛苦尖叫，
一阵阵疯狂的恸哭哀号。

1837.2

昨夜几乎是一个通宵

昨夜几乎是一个通宵，
大厅和回廊里灯火闪耀；
每盏灯都洒下它的光辉，
沐浴着爱慕或受爱慕之辈。
盈门的宾客没一丝悲哀，
个个长得漂亮受尽宠爱；
有的艳丽炫目迷乱人眼，
如夏日正午阳光闪闪；
有的美如琥珀色薄暮，
余晖闪在玉宇琼楼高处；
有的温柔、平和又欢欣，
清晨的容貌没这般动人；
有的犹如狩神节夜晚，
月光下圣洁的神殿。

奥古斯塔 [1]（夜半的明月……）

夜半的明月闪闪发亮——
光华的梦——璀璨的景象！
天一样神圣——清澈纯洁，
俯视着下界的孤寂荒野——
在她的清辉下格外孤寂
那阴郁的旷野绵延无际。
多奇异啊，世上的一切
无不沐浴着银辉夜色。

可爱的明月啊！岁月如飞，
我两腿疲惫，迟迟方归——
依然在这埃尔诺湖面，
你庄严的清辉静静洒遍。
依然有蕨叶摇曳着悲叹，
如哀悼者伫立埃尔比 [2] 墓前。
河山依旧，但是啊请看，
光阴已将我彻底改变！
我可仍是多年前的自己，
枯坐在湖滨黯然神伤，

看他的生命之光渐渐消失
在那英俊骄傲的脸上？
四周群山只偶尔感受
这渐逝的白天的光照，
从它神圣的金色源头，
往荒原洒下最后的微笑；
亲吻着远方的皑皑雪峰，
它们在地平线上银光闪烁，
一如在灼灼炎夏的日中，
寒冬登上它的御座。
那儿他安卧在鲜花之间，
热血染上了深沉的色调，
震颤着感到幽灵似的阴暗，
那是死神降临将他笼罩——
凄惨地想到转眼将永别，
永别这可爱美妙的世界；
想到这暮色渐渐浓重，
将永远将他包围其中——
啊——永远！这可怕的念头，
带来千百种沉重的感受，
一切有关她魅力的回忆
齐涌上他那迷乱的脑际。
在南方温和灿烂的天空，
广阔的森林似乎在上升——

古老的埃尔比宫，他高贵的府第

矗立林中，那无边的绿叶，

会在最宁静晴朗的日子

和夏天的和风婆娑不歇，

一束束金色的阳光穿透

浓密的树荫而倾泻迸流，

宫墙沐浴了琥珀之色

清澈的河水也金光闪烁。

小河蜿蜒——映出明亮的天

万里无云，高旷辽阔深远——

这些熟悉的景色依然会

在他心灵的眸子前升飞，

直至因绝望痛苦而疯狂，

弥留之际他转过脸向着我

大声叫道："啊，多么希望

能再看一眼我的祖国！

只要一次——只求那么一天！——

难道命中注定——永远不可能？

这样的死去——远离家园

命运于我竟如此无情。

奥古斯塔——你不用多久，

就能容光焕发回归故里。

这儿只剩一片石楠郁郁

默哀在我的被遗忘的坟地，

你会忘却这孤零零的墓，

埃尔诺湖畔的我的枯骨。"

1837. 3. 6

1　贡达尔史诗的女主角。

2　贡达尔史诗中的人物，奥古斯塔的第一位情人，全名为亚历山大·埃尔比。

我终日辛劳……

我终日辛劳，却并不痛苦，
在知识金色的矿山；
现在又已是黄昏薄暮，
月光柔柔地洒遍。

大地上没有一片雪，
风浪也不带寒意；
南风吹化了冰之墓穴，
几乎悄无声息。

夜间在这儿漫步多舒畅，
看残冬渐渐逝去；
一颗心轻快如夏日阳光，
暖和如夏之天宇。

啊，愿我永不失平和安然，
一如此刻的感受，
虽然时光会改变青春容颜，
岁月会苍老我的额头！

忠实于自己，忠实于他人，
愿我依然身心康宁；
规避一切过分的激情
收束自己狂野的心。

世上唯独我……

世上唯独我，活着命运
无人过问，死后也无人哀悼；
自从出世，没人为我生
一缕忧愁，露一丝微笑。

在私密的愉悦和苦泪里，
多变的人生悄悄逝去，
十八岁竟如出生之时，
无一挚友而孤独忧郁。

曾有过难以隐瞒的时辰，
曾有过消沉阴郁的一刻，
悲哀的灵魂忘却了自尊，
渴望着有人能来爱我。

但那仅是一时冲动
早为忧虑压抑取代；
它们很久前便消失无踪，
我都怀疑它们曾存在。

青春的梦想首先幻灭，
想象的彩虹随之消亡；
经验也向我谆谆告诫
"真"在人们心里从未生长。

多么沉痛啊，想到世人
尽皆虚假伪善而奴态；
更痛惜只信任自己的心，
却发现那儿同样腐败。

1837. 5. 17

暴风雨之夜已经过去

暴风雨之夜已经过去，
阳光明媚而灿烂；
青翠的原野格外壮丽
轻风也透着温暖。

我将离开我的床，
去看太阳的欢笑，
驱除困扰脑中的幻象，
那模样令我烦恼。

在那些阴郁的时光，
我的心灵被裹挟而去
仿佛站在大理石墓旁，
那儿葬着王亲国戚。

正是暮色渐浓之时，
游荡的鬼魂纷纷归来，
在朽骨旁它们伤心不已，
泣诉心头满腔的悲哀。

确确实实就在身旁，
我看到一团黑影；
非常朦胧，但它确实存在，
我吓得浑身冰凉，目瞪口呆，
更觉得诧异吃惊。

我一时无法呼吸，
空气冰冷刺骨；
但我的双眼发疯一般，
死死盯住它骇人的脸，
它也正死盯住我。

我想逃却动弹不了，
不禁瘫倒在石头上；
正想开口祈祷
却只发出无声的哀伤。

那黑影依然俯着身
狰狞的面目看得很清；
似乎近在身边，却又邈远，
像是在无际无涯的云天，
那颗最遥远的星。

其实，那并不是

时间和空间的相隔；
而是永恒的死亡之海，
海的那边，人类还从来
不曾，不曾去过。

啊，那一阵子的恐怖，
可别再回想重现；
当它张开嘴，发出声音，
搅乱了周围的寂静，
梦一般缥缈，却令大地抖嗦
天光也在它的威力下乱颤。

1837. 6. 10

不幸的日子啊……

"不幸的日子啊；里贾纳[1]的骄傲
里贾纳的希望都化为乌有；
还有谁可治理我的王国，
还有谁能把它拯救？

"不幸的日子啊；谁不泣血——
当子孙后代为这一天悔恨痛哭。
不幸的日子啊；千秋岁月
也无法抚慰这一天的悲苦。

"不幸的日子啊。"应和着悲风，
传来阵阵凄切的挽歌；
听着这哀痛欲绝的歌声
我的心几乎都要碎了。

1　贡达尔王国的首都。

盛夏的一天……

盛夏的一天，孩子，我看到你
突然停下了欢快的游戏，
低低躺在那碧绿草地
我听到你忧伤的叹息。

我知道是什么引发悲叹，
我知道从哪儿涌来泪水；
你渴望命运能揭开帷幔，
它遮得未来那么阴晦。

焦急的祈祷声隐约可闻，
给了我力量，在这一时的沉静，
去为一位婴儿的眼睛
打开通往未来的大门。

尘世的孩子啊，馨香的花
蔚蓝的天空，柔软的草坪
都是奇异的向导，通向那
你勇敢的脚步已登的小亭。

我观察时光，盛夏早过去，
暮秋转瞬间飞快消逝，
最后是冬夜悲凉沉郁，
阴云般的哀愁将天空遮蔽。

现在时候到了，黄昏已降临
没有狂风暴雨，却依然阴郁；
你身边掠过丧钟似的声音，
驱走了欢乐，招来烦恼忧虑。

一阵疾风搅得树叶乱颤，
又沿着阴暗的院墙呼啸，
沉痛与悲伤久久磨缠，
因那是幽灵的呼叫。

听到我哀哭，受了骤然惊吓，
他浑身的血顿时冰凉；
他完全醒了，在暗淡的灯下，
脸色那么惨白凄惶。

那双小手徒劳地推出，
想把虚幻的恶魔驱逐；
他眉额间铭刻着恐怖，
内心充满了极度痛苦。

他的双眼哀伤而恐惧，
紧紧盯视缥缈的天空；
沉重地吐出深长叹息，
每口气无不带着惊恐。

可怜的孩子，如我之辈，
若为人间的苦难落泪，
无数泪便会涌流不止；
当看到眼前小路弯弯，
当看到眼前阳光消失，
当听到风暴中大海狂澜，
频频冲击荒芜的海岸，
当一切早被剥夺了希望，
当一切毫无光荣和力量。

但已命中注定，晨光在天
必然映出夜的愁容苦脸，
稚嫩的蓓蕾必将萎落其花
在坟墓的阴影之下。

上帝啊！那恐怖的梦

上帝啊！那恐怖的梦，
可怕的梦已经结束；
恹恹的心，灼人的痛，
阴沉的夜，阴森的晨，
悲哀到极点的痛楚；

那涌流不止的热泪滚滚，
那嘲弄泪眼的呻吟哀伤，
迸发自凄苦忧郁的内心，
仿佛每次喘息都排出生命，
而生命却由绝望滋养；

那辗转不安的沉痛心境，
紧咬牙关又瞪大眼睛；
充满怨恨、痛苦与不幸，
当没有一点希望的火星
闪耀在命运多舛的天空；

那难抑的怒气，无用的退缩，

想避开无法忍受的思想；
灵魂永远不停止思索，
直至本性逼疯、扭曲堕落，
最终拒绝再悲痛哀伤——

一切都过去了——我已经自由，
海风爱抚着我，那么轻柔，
汹涌的大海上吹来的风，
我从没想到能与你重逢。

祝福你，明亮的海——辉煌的天，
我的世界，我灵魂的家园；
祝福你，祝福一切——我没法诉说，
我哽咽着，不是因为悲伤；
泪水从我憔悴的脸颊跌落
如雨滴在石楠丛上。

它们曾久久湿透土牢的地面，
洒落在潮湿灰暗的石板上！
甚至梦中我也常涕泣涟涟，
夜那么阴森可怕，像白天一样。

我曾常常在冬日的风雪
飞旋漫卷于牢门时哭泣，
但随后是一种宁静的悲切

因为万物如我一样哀戚。

最最令人难熬的时刻，
是当夏日太阳的光线
往牢墙抹上淡绿的色泽，
使人想起更美的绿原。

那时我常常坐在地上，
凝视这少见的阳光，
直到不知不觉坠入黑夜，
灵魂进入到深沉的境界。

它上穷于神圣的九天，
纯净的蓝天有彩云飞扬；
它追寻着你我的故园，
如我记忆的旧时模样。

啊，即使现在我还留有余悸，
昔日的痛苦时时涌动在心，
当我将脸掩藏在双膝，
强忍住不由自主的呻吟。

我扑倒在土牢的石板地，
号叫着拉扯自己的乱发；
随后，当一阵发泄过去，

沉入无法言说的绝望困乏。

有时一声祈祷，有时一阵诅咒
会在我焦干的舌尖颤动；
但两种声音都未及出口
便消失在源起的胸中。

于是白天在空中渐渐暗淡，
黑夜吞没了幽冷的光明；
睡眼将我的不幸与悲惨
铸成稀奇怪诞的梦境。
它那幽灵的恐怖让我感知
人间悲哀可能的极致——

一切都已过去，为什么还回忆
惨痛的过去，而哀伤不已？
卸去那桎梏，粉碎那镣铐，
让我重新去爱、生存和欢笑。

年华空逝，青春虚度，
全抛掷在那囚禁的土牢；
无望的苦泪，噬人的痛楚，
忘掉它们吧——把它们统统忘掉。

1837.8.7

奥古斯塔致亚历山大

埃尔比勋爵啊，埃尔比山上，
正是寒风凛冽，浓雾迷茫；
你朋友的心从黎明起
就为你的远行悲伤叹息。

埃尔比勋爵啊，在我听来，
你的脚步声还是那么欢快，
在石楠上窸窣响过，它们此刻
正在夜风的吹拂下起伏。

我遥遥望见你尊贵的家中，
炉火正旺，当夜色渐浓，
透过高高的树林，它们犹如星光，
在恬静的院落中闪烁光芒。

亚历山大啊！当我归来时，
我燃烧的心正如炉火之炽，
我的脚步像你一样轻盈，
如能在门厅听到你的声音。

但此刻你正在苦海漂泊——
远离了贡达尔，远离了我——
所有的向往都如无望的梦，
死神永不会放还它的牺牲。

1837. 8. 19

战斗的高潮已经过去

战斗的高潮已经过去，
黄昏降临时一片静悄悄；
群星闪烁的夜的天宇，
灿烂地将一切笼罩。

牺牲者满地卧躺
在石楠和灰色花岗岩；
垂死者最后的目光
凝视着渐逝的白天。

1837.8

当夏日的白昼渐逝

当夏日的白昼渐逝
天空和大地一片金光耀眼；
在落日的余晖里
陆地与海上多么辉煌灿烂。

风拂动明亮欢快的森林
传来一片欣喜之声。

宁静的蓝天上没沾染一片雾

宁静的蓝天上没沾染一片雾，
灿烂的太阳前也没遮一缕云，
从清晨初凝晶莹露珠
至仲夏的白昼悄悄退隐；

一切那么亮丽那么纯净，
向晚的余晖渐次收敛；
最后的夕照更显得澄清，
映射在埃尔诺湖面。

那微波不兴的恬静的深湖，
镶嵌在一望无际的荒原；
月光轻柔又庄重肃穆，
安睡在它长满石楠的湖岸。

鹿群已聚在它们的宿处，
受惊的羊群寻找着归路。

只有几片嫩绿的草叶

只有几片嫩绿的草叶
在阳光中半透明地抖动

日已西沉，颀长的野草

日已西沉，颀长的野草
在晚风中郁郁起伏；
野鸟从那古老的灰岩飞来，
在暖和的角落觅到栖处。

四周是一片孤寂冷清
看不到光亮，听不到声音，
除了远方吹来的风
叹息在如海的石楠丛中。

夫人，可能有那么一次

夫人，可能有那么一次
在您的王宫，我承蒙召见；
现在您已回忆不起
有关那事的一星半点？

最初沉痛哀思了一小时

最初沉痛哀思了一小时，
痛苦的泪雨随即纷纷倾落；
一种阴郁的寂静渐渐滋生，
死一般的雾笼罩了忧虑欢乐。

接着一阵震颤，又一道闪亮，
天空中掠过了一丝微风，
一颗明星在天上放光——
那是璀璨的爱情之星。

风啊，请在石楠里歇息

风啊，请在石楠里歇息，
你狂放的声音不适合我；
我宁有阴郁的天气，
也不愿听到你走过。

太阳已自暮天西降，
它愉悦的微笑难令我醉；
如果只能给予光，
啊，请赐我月亮的清辉。

久久不事妆饰……

久久不事妆饰，已衰颓
往昔迷人的笑靥；
无情岁月令花容憔悴，
霉湿玷污了红颜。

但那一绺秀发如丝，
在画像中依然缠绕，
显示这张脸曾多么艳丽，
不难想象她的美貌。

写下那行字的手该有多美，
"至爱，永以此我为真实；"
优美的纤指巧捷如飞，
亲笔书写了这句题词。

黎明醒来在天上欢笑

黎明醒来在天上欢笑，
笑声撒在金色仲夏的绿林；
为欢迎这清朗的光照
林中迸涌出阵阵歌声。

清新的风拂动一簇簇玫瑰，
叹息着穿过打开的窗户，
屋里躺椅上有人安睡
那是位天真无邪的少妇。

她目光温顺秀发乌黑，
柔嫩的脸颊是那般娇艳；
一双纤纤素手丰腴可爱
交叉着搁在雪白的胸前。

她的弟妹们脚步轻轻，
碰落了清香的滴滴露水，
她也匆匆起身相迎
那碧草鲜花和阳光明媚。

我独自坐着……

我独自坐着；夏季的白天
在微笑的夕晖中渐去渐远；
我看着它去了，悄然而逝
在雾罩的远山和无风的泽地；

我脑海中顿时浮想联翩，
一颗心不由得听命于它们；
两眼禁不住热泪涟涟，
因为我说不出这些情感，
一份庄重的欢乐四周充满
在这圣洁安宁的时辰。

我问自己，"啊，为什么苍天
不愿赋予我宝贵的天资
却把非凡的禀赋赐予群贤
让他们以诗歌曲传心思？

"自从无忧无虑的金灿童年，
我便一直沉湎于梦境；

热切的想象激起无尽梦幻
充满在美妙的生命之晨。"

然而如今，当我想要歌吟
手指弹拨失谐的弦琴
却依然是沉重的曲调，
我不再尝试，一切均为徒劳。

1837. 8

风琴奏鸣，军号响彻

风琴奏鸣，军号响彻，
胜利的灯光辉煌；
在这千百人中没有一个
将捐躯长眠者怀想。

那些本应含泪的高贵的眼睛
顾盼得明净清亮；
那些本该悲痛的跳动的心，
没有丝毫的哀伤。

在那儿他的臣民和士兵，
曾为他的威仪祝福，
如今却不愿将一丝悲声
留在他的坟墓。

战友们，我一直留意记录
情感的郁郁不适，
当你们踩踏了那片土
下面有他幽暗的墓室。

1837. 9. 30

城市摇摇欲坠的墙上

城市摇摇欲坠的墙上
可怕的火光突然熄灭，
彻夜的隆隆轰响
宣告我们胜利——廷德洛已攻克。

狂风停息了它的呼啸；
令人窒息的雪云已经飘散；
清寒惨淡的月色微笑
看黑色废墟里余烬慢燃。

结束了——一切酣战的疯狂，
突如其来的枪鸣炮轰，
呼叫、呻吟、亢奋、激昂，
死亡和危险，不再令人惊恐。

洗劫一空的教堂里堆满尸体
饥饿的战马不断嘶鸣，
受伤的兵士垂头躺在屋里
屋子溅满血迹，没有屋顶。

我无法安眠：经历这场围攻
我的心那么激烈地跳动燃烧；
外面的骚乱似乎在缓冲
围困我内心的风暴。

但我无法忍受这样的梦，
沉寂更使痛楚剧烈难当；
我感到绝望的洪流汹涌
再次注满我的胸膛。

我的眠床在一条废弃的过道，
窗子外面是教堂的墓地，
那儿凄惨的白色将一切笼罩——
石碑、坟墓和枯萎的草皮。

从破碎的玻璃窗吹进的风，
伴随着阵阵断续的呻吟，
那声音凄楚得无法形容，
令我蜷缩一团，更觉孤苦伶仃。

窗外黑影绰绰的是一株紫杉——
树枝那么哀伤，它们或许会悲泣；
那些幽灵似的枝条上白雪点点，
碰擦着拱顶栏杆，声音十分凄厉。

我侧耳倾听——不，那是生命
依然在一些垂死者心中游移：
啊上帝！是什么尖厉的叫声，
那么痛苦，那般令人惊悸？

一个朦胧可怕的梦魇，
梦里依稀昔日的景象；
记忆那折磨人的光线，
一再掠过我的头上。

我突发一阵惊恐和狂乱——
急急奔下漆黑的橡木楼梯；
来到铰链破损的门边，
只见缕缕月光洒满地。

我不假思索便打开了门；
一幅冰凉璀璨的景象吸引了我，
在那缥缈的空中，每颗星辰
都像一段垂死的记忆在闪烁。

在那儿大教堂巍然耸立，
虽然未戴冠冕，却极其威严，
它平静泰然地俯视
墓地里埋藏的悲哀苦难。

1837. 10. 14

已近黄昏时分……

已近黄昏时分，金色夕阳
正从西天辉煌地坠落；
市井的嘈杂声轻轻回荡，
与拂过的西风悄然混合。

对我来说早晨似嫌沉闷，
这阴郁的十月的早晨，
天上堆积了黑色的雨云，
若暴风雨顶棚横架于天庭。

古老的教堂钟楼和围墙

古老的教堂钟楼和围墙
秋雨下显得那么阴森，
阴郁的风预兆着不祥
黑夜又将降临。

我注视着黄昏渐渐
蚕食欢乐灿烂的白天；
我观察着深沉的黑暗
抹去黄昏苟延的光线。

当我凝视这惨淡的天空
悲愁之思又在心头翻涌。

1837. 10

诗行（安息之处……）

安息之处还远在天边，
此去何止万里相隔
其间有风雨连绵的千山，
其间有片绿无存的大漠。

跋涉者消瘦而又疲惫；
他目光暗淡心情阴郁；
希望渺茫又无以宽慰，
蹒跚、体弱，随时都会死去。

他时时仰望冷酷的天空，
他时时俯视沉闷的路途，
好多次只想躺下不动
放弃人生厌烦的重负。

哀伤的旅人啊，请将精神抖擞；
自从你开始这漫长的行程
一段又一段路已撇在身后；
那就不妨继续你的使命。

如你依然绝望，要控制，
把它的声音在心头管束，
你会到达最后的目的地，
你会得到你的安息之处。

1837. 10

请相信这颗忠贞的心

请相信这颗忠贞的心，
坚定地道一声"再见"；
放心吧，不管漫游到哪里，
我的心永远和你在一起；

除非这世上已没有真情，
山盟海誓也一文不名，
对于自己痛苦的灵魂
世人无法控制唯有放任；

除非我改变一切念头，
记忆中也是一无所有，
我的一切美德全都失去
在贡达尔那遥远的异域。

山民爱自己的石楠家园，
远甚于山下富庶的平原；
他不会舍弃家乡一寸瘠土，
去换取大片丰腴的田亩；

也许有女郎比你妩媚
也许有姑娘比你娇美，
明眸善睐顾盼如电，
闪耀在我的路途两边；

但那纯洁不变的光如此明亮，
始终在怀里呵护珍藏；
那最早萌生的璀璨爱情，
是我今生今世的北极之星。

1837. 11

奥古斯塔（睡眠未带来……）

睡眠未带来一丝欢乐，
记忆永不会消失；
我的灵魂充满了凄恻，
终日里悲叹不已。

睡眠未带来片刻安宁；
逝者的黑影幢幢，
虽我无法将它们看清，
仍团团围住我的床。

睡眠未带来任何希望；
在酣睡中它们
以种种忧郁的形象，
加深了我的愁闷。

睡眠未带来半点力气，
也没有恢复胆量，
我出没阴森森风浪里，
航行在汹涌的海上。

睡眠未带来什么知己，
给予安慰和帮忙，
他们袖手旁观满脸鄙夷，
我于是深深绝望。

睡眠未带来丝毫希冀，
以修补这颗破碎的心；
我唯一的心愿是忘记，
并安息长眠不醒。

                    1837. 11

我坚强地挺立……

我坚强地挺立，承受一切
愤怒、仇恨和污蔑；
我坚强地挺立，笑看
人类如何与我交战。

我谴责权力的阴影，
人的那些卑劣的行径；
我的心灵完全自由
一声召唤，我就紧随它的左右。

虚伪愚蠢的世人可知道，
假如你无视世界的嘲笑，
你卑下的灵魂就比
虚荣透顶的人更可鄙。

黄土抟成的人啊——那么高傲，
可敢请我做你的向导？
我虽在卑贱者的行列
却视高贵者如草芥。

周围的夜色越来越深沉

周围的夜色越来越深沉，
狂风冰冷呼啸不已；
横暴的符咒将我缚得紧紧，
我不能，不能离去。

高耸的大树弯下了
冰封雪压的赤裸树枝；
暴风雪很快降临了，
然而我不能离去。

头顶是层层叠叠的乌云，
脚下是无边的荒地，
但一切阴郁无法撼动我半分；
我不能，也决不离去。

1837. 11

我会在你最伤心时前来

我会在你最伤心时前来，
为黑沉沉屋里带来光明，
当白天的狂欢已经不再，
欢快的微笑被放逐在外，
黄昏又是一片昏暗阴冷。

我会在你心中的真实感情具有
完全、公正的支配时前来，
我对你的影响悄悄渗透，
悲痛加剧，欢乐凝冻不酬，
便驮着你的灵魂离开。

听，现在正是这样的时刻，
这时刻当会令你敬畏。
你灵魂中难道没有感到
翻腾起奇异的情感之潮，
那具有坚强力量的先驱
我的使者？

我原本会按动天国的音键

我原本会按动天国的音键，
诉说那销魂时刻曾与你相伴；
我原本会将那首夜曲吟唱，
但歌词未出声便在舌上夭亡；
于是我明白了神圣的乐章
不能将欢乐反复咏唱，
于是我感到……
……………

（未完稿）

致雪花 [1]

啊，瞬间飘逝的天上的过客！
啊，冬日天空的无声的符号！
是什么逆风将你吹拂洒落，
飘进了囚禁我的土牢？

我想那巨手是如此无情，
竟从哀戚的脸上将太阳遮蔽；
它也会执行反叛的使命，
阻止像你这么脆弱的东西。

它会阻止你，要是它知道，
你身上有护符为我驱邪，
天上曾多少次阳光闪耀，
从未如你这般对我亲切。

多少个星期多少日子里，
我的心始终沉重忧郁；
丧服般的晦暗中黎明升起，
微弱的光线透不进监狱。

然而，当我醒来，你犹如天使，
银装素裹，那么轻柔美丽，
在黑暗中闪亮，甜甜地说起
辽阔云空和连绵裸露的山脊。

那地方最让登山者喜欢，
他们一辈子都钟爱白雪；
雪给沉闷的山峰戴上银冠，
比沁绿的平原更美得叫绝。

无声无灵的白雪使者啊，
你的到来振起了激动的乐章，
你在时它给我莫大安慰，
你去后它留有不绝的余响。

朱利斯·安戈拉[1]之歌

醒来！快醒来！暴风雨的黎明
高声呼唤着沉睡中的祖国；
起来！快起来！莫非是哀痛的声音
狂叫着将我们的酣睡惊破？

哀痛的声音？却是那么高昂；
胜利的欢呼淹没了悲哀。
每颗受伤的心忘却了忧伤；
每张憔悴的脸又焕发光彩。

我们的心中溢满欢乐；上帝
赐予我们胜利，让仇敌败亡；
看天上高高飘扬我们的红旗，
敌人的绿旗踩在尘土泥浆。

爱国的人们，祖国的光荣未沾上污痕；
战士们，请护卫这种光荣的自由亮丽。
让阿尔米多无论和平还是战争
这个崇高的名字永远标志着胜利！

1　安戈拉王子，后成为阿尔米多国王，贡达尔王国的国王。

诗行（我死了……）

我死了，当一丘新坟埋了这颗
曾与你久久相亲相爱的心，
当尘世的烦恼不再悲苦凄恻，
尘世的欢乐对我已等于零；

别哀泣，只想想我在你之前，
已经渡过阴森森的苦海，
安全地停泊下来，最终长眠，
那儿从来没有泪水和悲哀。

倒是我该悲伤留你在这世上，
在黑沉沉大海上孤苦地航行，
四周风暴不息前程恐怖渺茫，
无一盏仁慈的指点迷津的灯。

虽然人的一生有长有短，
可谁也不能长寿永生；
我们在下界分别，会在天国相见，
那儿极乐的生命将无边无尽。

1837. 12

母亲啊，我并不后悔

母亲啊，我并不后悔
离开这恶浊的尘世，
即使那去处一片昏黑，
除了遗忘一切都消失。

尽管衰竭而悲惨不幸，
潦倒困乏又希望幻灭，
却没有人能抑制哀恸，
当离别曾爱过的一切。

短短二十四年一去难留，
白天或黑夜都不再降临；
再不可能去流浪去漫游，
在田野在海滨或在树林。

再也不能透过晨曦，
看天上群星淡淡消隐；
呼吸夏晨清新的空气，
观赏太阳冉冉上升。

我听见教堂阵阵钟声，
和谐的声音低沉微弱，
也许因为正巧是逆风，
将那乐音吹离了我。

这风这冬夜都在诉说
一些不该有的事情和知觉；
母亲，快来吧，我的心快碎了，
我受不了这生离死别。

但我不得不离去，再不能归来，
宽慰你的悲痛，消解你的烦恼；
不，别哭：那剧烈的悲哀
会使我的灵魂备受绝望煎熬。

不，请对我说，当我躺在
教堂墓地的石碑下安寝，
你会拭干泪抑制住悲哀，
很快忘却我飘逝的魂灵。

你早就问过，是什么苦楚
使我脸色苍白目光暗淡；
天明之前我便将死去，
去之前我会坦白不再隐瞒。

记得是十年前那个九月，
费尔南多离了家也离开了你；
我想你一定不曾忘却
多么刻骨铭心——那场别离；

你也知道我为之憔悴，
多么渴望再见他一面，
整个阴郁的秋天，望穿秋水，
那些暴风之夜和湿漉漉雨天。

在阿里翁森林的边缘，
有一片孤寂而秀丽的空地，
在那儿两颗心依依流连，
作他们初次而竟成永诀的别离。

那个下午，柔和的光辉，
洒在青青草地和摇曳的树上；
在我面前，在园林之外，
是无际无涯的辽阔海洋。

当他离开时，我伫立在那里，
脸如死灰，欲哭无泪，
眼睁睁望着风帆远逝，
带走了生命、希望和安慰。

下午过去了；那夜我独自悲痛，
彻夜难眠，清泪洗枕，
我的心盘旋在巨浪上空，
为爱人一去不返悲痛万分。

但，回忆中也曾有欢笑开心，
有一次重尝了极乐欢欣：
那是收到他海外来信，
向我倾诉爱情的忠贞。

此后却再无音讯。担心，盼望，
冬去春来，光阴悄悄流逝；
但最终时间给了人力量，
承受了一度难熬的相思。

我会在夏日的黄昏去寻访
我们最后离别的地方；
在那儿编织一连串幻想，
流连直到晚钟敲响。

1837. 12. 14

你的人生刚刚开头

你的人生刚刚开头，
就被剥夺了自由；
陷在无边的黑夜，
葬入无望的墓穴。

你双膝在地长跪，
感谢放逐你的权贵；
锁链铁窗和牢狱
使你免遭更可怕的奴役。

感谢权贵逼你离散，
在离别令你心碎之前。

山间泉水急速地涌流，
从它蕨丛石楠的源头；
不可抗拒地呼啸翻卷，
洪流才冲决高高堤岸。

1838. 2

当我的灵魂逸出本体

当我的灵魂逸出本体
游离得越远，便越欢喜，
在一清风明月之夜
目光驰骋在银白世界——

当我忧郁又无人相伴——
不见大地海洋和晴空——
灵魂就自由翱翔在天
穿越于宇宙无际无穷。

都在屋里却一片寂静

都在屋里却一片寂静；
户外却是风狂雨横；
有些东西在我心头低语，
声音穿过了喧嚣的风雨，
　　从此沉寂。
从此沉寂？为什么沉寂？
记忆自有如你一般真实的力。

依阿妮 [1] 目光呆滞暗淡

依阿妮目光呆滞暗淡
城堡的钟刚敲过一点。
她环顾这可怖的地牢；
窗栅正透进一片朦胧；
那是云中洒落的月的寒光。
依阿妮凝望着，如在梦中，
觉得自己看见了太阳。

她想这该是破晓时刻，
夜已经那么漫长。

---

1   贡达尔史诗中的人物，参看《信仰和失望》一诗，第 337 页。

那些原先崇拜我的人

那些原先崇拜我的人
早已忘却他们的誓词；
原先簇拥四周的宾朋
现在也已把我抛弃。

一切在梦中向我显露
但不是睡眠中的梦；
那是一种清醒的苦楚，
那是无法泣诉的内疚沉痛。

且慢那么苦涩地离开
…………

（未完稿）

葬在深深的静静的墓中

葬在深深的静静的墓中
没有人在坟上哀悼悲痛。

当我跪在你的石碑前

当我跪在你的石碑前，
向过去的爱道声再见；
泪和痛苦留在你这里，
匆匆地再次走向尘世。

啊，来吧，是什么绊索

啊，来吧，是什么绊索
羁住你一向快捷的脚步？
来吧，离开你阴冷的住所
再来我这儿会晤。

你是要等那田野绿遍

你是要等那田野绿遍，
百花盛开，树木抽芽，
夏季的天空宁静湛蓝，
那时再来我的家？

不；不为花团锦簇的平原；
不；不为空气中沁人的芬芳
又将是夏季的明净蓝天
但你将不在那个地方。

风暴掠过庄园……

风暴掠过庄园，好一阵喧嚣激荡！
那一扇扇门，一道道拱，
那些柱子、屋顶和花岗岩墙
风暴中如摇篮一样晃动。

有株榆树在鬼魂出没的井旁边，
向一去不返的仲夏天空致意；
突然一阵狂风，大榆树被掀翻，
横卧在道路中间，一片狼藉。

长长的送葬队伍还未走完，
为风雪所阻而迟迟未到；
他们将如何再回庄园，
或许到明日凌晨方能知晓。

睡在这儿又有什么用

睡在这儿又有什么用，
尽管心那么哀伤困倦？
睡在这儿又有什么用，
尽管白天那么阴郁昏暗？

太阳一升高浓雾便会消散，
心灵也会忘却悲伤；
向晚时夕照绯红烂漫
预示明天更加晴朗。

黄昏啊，为什么你的光如此悲哀

黄昏啊，为什么你的光如此悲哀？
为什么落日留下如此阴冷的夕照？
不用说了；我们的微笑一向欢快，
只不过你的心正日渐衰老。

事情已经过去……

事情已经过去；我非常清楚；
我不再将它铭记在心；
但那夜的记忆历历在目，
我不禁回顾那可怕的情景。

澄澈的天际夕阳闪着余晖，
已从夏天神圣的天空渐渐垂落；
苍茫的暮色渐渐浓黑，
星星在深蓝的夜空中闪烁；

在无人关注的远山之上，
在人迹罕至的石楠丛中，
我满含泪水沉思默想，
伤心地仰望庄严的夜空。

大教堂宽敞的侧廊一片寂静

大教堂宽敞的侧廊一片寂静，
如潮的人群已散得干干净净；
那高高的圆顶下能有些什么，
除了墓地里那些死寂的房客。

啊，请再看看，因为高高在上
群灯依然灿烂地闪亮；
请再看看，因为圆顶下面
无数人依然在生活繁衍。

他们死一般沉默，注视着神殿
那么神圣，显赫，金光闪闪，
贡达尔的君主们正低着头，
在无声的祈祷之后，
他们庄重地指天为誓，
永远忠诚联盟绝不背弃。
朱利斯国王假惺惺的目光
从阴沉的大理石移到天上；
他虚伪的心吐出那番誓言

脸色却虔诚庄重丝毫不变，
尽管内心激烈地拒绝受人操纵，
却努力挤出短暂苦涩的笑容，
当弟兄们面对面站着，稍作逗留，
他虚情假意地和杰拉尔德紧紧握手。

1838. 3

啊，别将我耽搁阻拦

啊，别将我耽搁阻拦，
我的马已疲惫不堪；
它的胸膛还需挡那潮水，
又远又宽的浪头泡沫翻飞。
几里外就听到水声若雷轰鸣，
当它们撞击堤岸浪花飞迸；
再强健的骏马也会害怕，
要想与这种湍流争个高下。

旅行者这样说，还是白费劲，
陌生人根本就不想走开；
她依然紧紧握住他的缰绳，
她依然苦苦恳求他留下来。

每张脸上都密布了阴云

每张脸上都密布了阴云，
风雨欲来四周昏暗而恐怖；
窝棚华屋无处可安寝，
无处可安寝——除非是在坟墓！

我们的心都成了悲苦的殿堂，
没有欢笑，人人不得安宁；
孩子们感受到父辈的不祥，
家家都像笼上绝望的阴影。

并不是恐惧使得全国如此黯然
…………

（未完稿）

1838.5

竖琴的曲调如梦如痴

竖琴的曲调如梦如痴，
当我拨动你的弦，
为何你把久忘的往事
又来反复重弹？

竖琴啊，过去的日子里
我还能对你歌唱；
那时我的歌没有一支
令我在记忆里哀伤。

而今，如果我重新弹奏
曾给我欢乐的歌，
却只有悲音在你的弦上流，
那么缠绵凄恻。

它们浸染了记忆的灰色，
如片片驶来的风帆，
将我的太阳完全遮没
使仲夏的天空一片昏暗。

奥古斯塔（为什么我恨……）

为什么我恨那孤寂的绿色山谷？
深深坐落在荒原的野山之中，
那会是我非常喜爱的一个去处
要是孩提时代我见过它的面容。

盛夏酷暑下那儿白骨一片狼藉，
我并非因此而恨，但无人能说出；
只有一个人洞悉其中的秘密
为什么我恨那孤寂的绿色山谷。

高贵的仇敌，我可以把你宽宥
连同你的冷酷轻蔑和傲慢，
因为你是我最尊贵的朋友
当我沉痛的心无人可以依伴。

当依偎在你高贵的胳臂，
我忽然陶醉于青春的情怀；
大地因重获魅力而熠熠生辉，
啊，我全然忘了盛年已经不再。

一天——甚至一小时——尚未过完，
我的心灵便已恢复常态；
那层镀金的烟雾已经消散，
留下个依然故我凄切悲哀。

1838. 5. 9

奥古斯塔致阿尔弗雷德 [1]

啊，别外出漫游得那么远！
我的爱啊，原谅我自私，泪流满腮——
让你留下，或许你会黯然，
但我孤苦伶仃在这儿，日子怎挨？

五月的清晨明亮温暖，
只见百花鲜嫩，碧草萋萋；
灿烂阳光下腾起雾霭团团，
绵长的小山一片朦胧迷离。

树林里——新抽的小叶现在已
能密密遮住乌鸫和画眉；
高旷的蓝天无边无际，
千百种乐曲正回荡振飞。

他眺望这一切，眼中的痛苦
是那么不堪那么深沉！
他脸上有红晕微微泛出
却不是我喜见的青春红润。

召唤死神——死神，他属于我自己！
坟墓必须将那些肢体储存，
安静些，永远将音调压低，
我爱这远胜于尘世一切声音。

那么，且和那些花朵一同凋谢
对于它们，对于你，未来
是那般幽黑，毫无喜悦，
但我却将它珍藏在心怀。

假如你沉沦在这苦难尘世，
那不过是你的肉身凡体——
你的灵魂进来时纯洁无比，
也将一片纯净去见上帝。

1838. 5. 20

1　阿斯平城堡的主人，因爱上奥古斯塔，被流放，后自杀。

唱给亚历山德拉[1]的歌

这是唱给你的摇篮曲，
在暴风雨的大海上飘荡不已，
大海的喧嚣声滚动如雷，
我黑发的孩儿已静静入睡。

我们的小船剧烈地颠簸动荡
正在穿越埃尔德诺湖[2]的风浪
此时孩子第一次露出笑脸；
眉清目秀，睡得真香甜。

波浪在摇篮上撞个粉碎，
溅落在你脸上的飞沫如泪；
然而大海本身已变得温柔，
在它怀抱里我的孩儿已睡熟。

　　　　　　　　1838.5

1　奥古斯塔和朱利斯的女儿。
2　贡达尔—湖泊名。

格伦尼登 [1] 之梦

告诉我，看守，这可是冬天？
我一觉竟睡了这么长时间？
离别时那么可爱的树林
是否失去了它嫩绿的长衫？

是不是早晨姗姗来迟？
而长夜又迟迟不愿归去？
告诉我，阴郁沉寂的群山
是否因融雪而更沉寂阴郁？

"囚徒，自你上次看到那片树林，
它的叶子早已枯萎凋谢，
又一个三月已经编织了
新的花冠献给又一个五月。

"重重冰层封锁了北冰洋水，
温煦的南风又将它们化冻；
如若再次光临深深的绿谷，
金灿灿的花朵会夹道欢迎。"

看守，在这孤独的土牢里，
丝毫没有欢乐和仁慈宽厚，
幻想中只有上帝屈尊光临，
教导我的灵魂把一切忍受。

现在是夜里，冬季的长夜；
我躺在土牢的地上倾听，
除了河水的喧嚣流泻
四周万籁俱寂一片宁静。

我想起死亡、无边的废墟，
家家炉火寂灭了无生气；
想起孤儿们正哀痛心伤，
父辈们坟上遍是血迹。

想起了朋友，再也不可能
紧紧拥抱，相亲相爱个欢畅——
我沉湎于回忆，直到
阵阵惨痛几乎令人发狂。

疯狂的梦呓后该沉沉酣睡，
然而，我却依然郁郁沉思；
我看到祖国正在流血，
在暴君的肆虐下奄奄一息……

不是因为我的幸福被毁
复仇之火却只敢埋在心中，
不是因为被驱散的乡亲
或悲惨死去或忍辱偷生。

上帝知道，我愿意献出
自己最最珍爱的东西，
只要这种牺牲能够换来
受难的贡达尔重获自由独立！

但依据野心的命令，
她的一切希望都将落空；
她最高贵的儿子集结起来奋斗，
仍将失败而徒劳无功——

那些城堡、厅堂、棚屋、茅舍，
将倾圮崩坍被夷为平地——
威严的上帝，欢悦的复仇者，
终将伸张它永恒的正义！

是的，以前连刺一头受伤的鹿
都颤抖不已的手臂，
如今会冷酷地——我看见
沾满暴君的爪牙的鲜血。

多么奇丽的梦！我看见城市
在燃烧闪耀，那么光亮炫目，
在成千上万虔敬的人中
站着一位非凡的人物。

不必指认那高贵的死者——
他的微笑那么骄傲庄严！
他的目光炯炯耀如闪电；
此刻——剑就横在他的旁边！

啊，我看见死神如何熄灭——
熄灭那骄矜得意的双眼！
他的热血湿透我的匕首；
我耳中灌满他临终的悲叹！

黑暗降临了！今夜将如何？
啊，上帝，这一切我全知道！
知道这疯狂的梦已经结束！
复仇者仇未报恨何时了！

1838.5.21

1　　贡达尔史诗中的人物，属埃克锡纳家族。

没有一个亲人现在能够分辨

没有一个亲人现在能够分辨
他们曾那么珍爱的我的脸；
深褐的鬈发过去多么细密，
飘拂在雪白的唇额之间；
如今却蓬乱在黝黑的脖子，
零落地披在我的双扈。

生来皮肤便细腻红润姣好，
如今已黑亮如吉卜赛女郎；
忧虑已扑灭欢快的微笑，
我的心尝够了苦恼哀伤。

你该知道当我还是个婴孩
多少双眼中充满了疼爱；
入睡时有甜美的浅吟低唱；
丝巾悬挂在我羽绒的小床；

哭闹时有音乐哄逗劝慰；
我欢笑他们也都笑声相陪；

"玫瑰布兰奇"——我的小名，
在客厅在卧房时时可闻。

在欢聚的夏日仍得宠爱，
在王宫里也备受青睐。
国王曾亲手赐我无数
价值连城的王室礼物。

但乌云很快笼罩了一切；
曾几何时，也未惹是非，
布兰奇这名字已被忘却；
我心地坦诚，容颜还未憔悴：
仍拥有这些福分多么珍贵。

1838.6

盛夏酷暑中也常会有……

盛夏酷暑中也常会有
黑沉沉阴云密布的时候，
而当风过雨霁，大地沉寂，
群山更显得青翠欲滴。

孤独地坐在她的窗前

孤独地坐在她的窗前，
黄昏已消失得无影无踪；
阵阵的风，如预言一般，
掠过灰蒙蒙阴沉的天空。

孤寂的田野里有两棵树

孤寂的田野里有两棵树；
向我吐露一段咒语；
黑沉沉树枝萌生了阴郁的意图，
一齐庄严地弯曲。

那些是什么烟，原先静止不动

那些是什么烟，原先静止不动
现在正从深褐的山头滚落？

她伫立着看铁一般的乌云

她伫立着看铁一般的乌云
散开，阳光从云隙洒落
那么阴郁怪异惨白峭冷。

去吧，去吧，且将我留在

去吧，去吧，且将我留在
阴暗的处所和恐惧的心境；
我在你眉宇间寻找信息
虽然一度忧郁，终以笑脸相迎。

它将不再闪耀光芒

它将不再闪耀光芒，
悲壮的行程已到终点；
冷峻而又辉煌的斜阳
一抹余晖渐渐暗淡。

只有一人亲眼见他死去

只有一人亲眼见他死去，
最后告别这渐逝的白天；
傍晚的风，呜呜哀泣
裹着他的灵魂离开人间。

埃尔比湖畔黄昏已尽

埃尔比湖畔黄昏已尽，
寒冷、凄凉又阴郁暗淡；
阴沉的天空中朔风不停，
永远在哀号悲叹。

埃尔比的旧厅，现已倾圮

埃尔比的旧厅，现已倾圮，
孤寂的破屋，不会再有生命，
无顶房舍里荒芜得杂草遍地，
夜风穿过破窗在呜呜悲鸣，
这是死者，久死者的空屋。

道格拉斯 [1] 逃亡

好，请围成一圈挤个紧紧，
停下那风琴庄重的奏鸣；
把灯熄灭；再将火拨旺；
让它高高闪耀跃动的光；
环钩垂挂起天鹅绒窗帘，
我们听到夜风的长叹；
风声萧萧，它们的旋律
和艰难时代的歌汇在一起——

哪位骑手在戈贝林峡谷
驱策他奋力逞勇的坐骑，
以风驰电掣般疯狂的速度
远远离开人群和这尘世？

我见它飞快地驰离平川，
它的蹄印深深嵌在石上，
我听到深谷中回响不断
余音久久回荡。

飞越悬崖穿过山岩荒地
那乌黑的骏骑腾跃不停；
毫不留意脚下奔涌的山溪
和耳畔喧嚣的水声。

他的前额宽阔头发飘动
宽大的斗篷舒展飞卷，
他纵骑驰骋，头顶的苍鹰
在蓝天里高高盘旋；

成群的山羊惊叫着掠过，
因为领地受到如此骚扰。
它们驻足——它正跃上高坡，
它们凝视——却已无法看到。

啊，矫健的坐骑快继续飞奔！
你身后有人正沿路跟踪——
尽力驱策，否则前功尽弃白费劲；
死神在逼近，紧随每一阵风。

是雷声在那片黑云后滚动？
急湍的溪流从那儿泻落，
或许轻风吹醒那摇曳的树林，

黑沉沉的林子正皱眉蹙额？

穿越峡谷后它重重喘息
在灰色悬崖边停了下来——
这坐骑怎么了？事情紧急时，
表现得这么不可信赖？

几乎不等催促，它双耳竖起，
再次咬住了勒紧的缰绳，
颤动的四腿虽大汗淋漓，
又如闪光般疾驰飞奔。

听，关隘中传来猛烈的声音，
越来越响的威吓的喊叫！
但谁敢去闯那恶浪深深——
前方那死神出没的小道？

他们的脚没入黑沉沉的浪头，
冒着一切阴森可怖的凶险；
他们挺过了最严酷的战斗，
为什么来到这儿却全身乱颤？

他们有坚强的心，健壮的臂，
可以征服，或者忍受失败；

他们冲进滚滚滔滔的溪水，
攀上悬崖陡峭的关隘。

"勇士们，现在只剩这道关卡，
这条险峻的遍是危石的深峡，
我们高贵的热血不能白洒，
道格拉斯也须付出血的代价。"

我听到他们越来越近的脚步
在花岗岩峡谷中回响，
头顶上有一株高大的松树
由山里人伐倒横架峡谷上。

令人眩晕的桥，任何马也无法飞渡，
阻断了逃亡者的路径；
他像头困兽来回奔突，
不屈地陷入了绝境。

为什么他竟微笑，当遥望
山下追兵正疾驰而来？
粗重的松木轻轻摇晃
逐渐移离原先的所在。

他们抬头望，因为明亮的天空

突然蒙上一片阴影；

道格拉斯没有退缩没有逃遁——

他不必害怕死去的追兵。

1838. 7. 11

1　　贡达尔史诗中的人物，安杰莉卡的情人，刺杀奥古斯塔的凶手。

女郎致她的吉他 [1]

对那位郎君——他曾弹拨你的琴弦，
我原以为这颗心早已冰冷；
吉他呵，你为何激起这般情感，
源源注入我悲伤的心？

就好像阳光正和煦温暖
久久徘徊在深深的峡谷，
当风暴的浓云或夜的阴暗
将天上的日月挟裹而去。

就好像小溪明净清澈
垂柳婀娜静静映在水里，
虽然多年前樵夫的砍斫
让树神 [2] 的须发零落成泥。

尽管如此，吉他呵，你神奇的乐音
催落了眼泪，引发起呜咽，
倾动这古老激流的悲叹之声，

虽然它的源头早已枯竭！

1838. 8. 30

阿瑟·埃克锡纳致——

黑暗的土牢中我无法歌唱，
悲痛的束缚下不再有笑容；
什么鸟翅膀断了仍能高翔？
哪颗心淌着血仍其乐融融？

夕阳正渐渐落入

夕阳正渐渐落入
低低的青山和丛林；
多么美丽幽寂的一幕，
清风徐来，格外宜人。

白天过去，正风微草凉，
河面上涟漪湛蓝澄清。
只见轻柔的白云悄悄移漾，
一如优雅徐降的露水精灵。

精灵们就在花丛里凝成，
整个早晨逗留于淡蓝花卉，
现在她们再次返回天庭，
在那儿依然闪耀着清辉。

1838.9.23

树叶坠落，花儿凋残

树叶坠落，花儿凋残；
黑夜变长而白昼缩短；
每一片摇落的秋叶，
都与我欣然道别。
我将笑对大雪纷飞，
雪花落处会生长玫瑰；
我将歌唱，当长夜逝去
引来的白昼更为阴郁。

朱利斯致奥古斯塔

杰拉尔丁娜，明月正闪耀
那么柔和清亮的光辉；
似乎这不是傍晚来到，
而是美丽的白天回归？

远处的湖面漾起波纹，
那是微风在悄悄说话，
在这寂静中且让我们
坐在这古老的荆棘树下。

道路荒凉、崎岖又阴暗
周围的高沼地那么贫瘠，
我们的坐处更令人厌倦
只见青苔蒙石，蓬蒿满地。

但当冬日的风暴刮起
在夜半毫无月色的天空，
我们是否留意暴风曾猛烈
怒号在我们的精神家园中？

不，那株树不少枝干已吹折，
雪花飞卷中更显得洁白纯净，
它向着苍天不停地摇曳，
庇护着树下两颗幸福的心——

当温暖柔和的秋日来临，
我们难道会忘记上路？
在月亮女神银色的早晨，
杰拉尔丁娜，你会流连停步？

1838.10.17

朱利斯与奥古斯塔诀别

没想到这竟如天大过失
要说出那个词，再见；
但这将是仅有的一次
我倾心启唇向你请愿。

冬季的清晨，荒凉的坡地，
一株扭曲的苍苍古树——
如果它们只招来你的蔑视
那么我也只能感到厌恶。

我能忘却那黛眉黑眼，
和虚情假意的朱唇，
如果你忘了神圣的誓言，
便自那无信的唇边生成。

如果强制命令能驯服你的爱
或坚固的狱墙约束得了它，
我便不会为之悲哀
为那种冷漠和虚假。

但自有和我心心相印的人
关系密切而且历经磨难；
自有闪电一般的明亮眼睛
久久的祝福我给我温暖：

那双眼睛将造就我的白天，
让我的心灵自由解放，
同时将愚蠢的思想驱赶
那些痛苦的对你的痴想！

1838. 10. 17

奥古斯塔（你们都在哪里……）

你们都在哪里？你又在何方？
我见亮晶晶的像你的眼睛；
黑色鬈发在眉间飘荡
熠熠的目光又显得陌生。

一种梦幻般的抚慰快意
升起在焦虑的心头眼睛；
尽管颤抖，一听到他的名字
我低下头全神贯注倾听。

虽然从未听过他的声音，
仍对我诉说多年的往事；
眼前仿佛重现了幻景
使我顿时泪涕滂沱。

                    1838. 10

我停步在门槛上举头遥望苍穹

我停步在门槛上举头遥望苍穹；
我注视云天和四周黑沉沉的群山；
一轮灿烂的圆月驶在无际的太空，
微风掠过，声音怪异而令人不安。

我折回墙内，昏暗的囚室般的屋里，
波涛般的荒野上正升起它的神秘。

啊，和我一起来吧……

啊，和我一起来吧，歌儿这样唱，
秋夜的天空一轮圆月多明亮，
而你辛勤劳作的时间已经够长
头已涨痛，双眼也困乏而迷茫。

费尔南多致奥古斯塔

大厅里点起灯来！天色已晚；
我远远在外，阴郁又孤单——
呼啸的北风无情地捶打我的胸口，
啊，风雨中我的住处这般凄凉简陋！

大厅里点起灯来——不用想到我；
我不在场，你不是最恨见到我么——
你的双眼顾盼生辉光彩照人，
它们将永远，永远看不到我的眼睛！

荒野上一片漆黑，天空中暴风雨不断，
我以最后的灼热祈祷说出仅有的心愿——
这祈祷虽然拖延已久，却迟早要做出；
这祈祷烧灼着我的心，却把我的舌头冻住。

在清晨到来之前，这件事行将处理：
我再看不到太阳在那边天空升起。
只剩一件事要做——将你的肖像谛视；
然后我便去证实，是否真有上帝！

我难道没看见你？乌黑闪亮的秀发；
光艳俏丽的脸庞，那笑容娇美绝天下！
你却转向了别处——再见不到那双眼睛；
那明眸，那光彩，令我疯狂而痛不欲生。

去吧，骗子，去！我的头发已经汗水淋漓；
全身血液奔涌，只求一种庇护——忘记！
啊，要是失落的心还能找回，那就还你
我奄奄一息时感受的痛苦的十分之一！

啊，要是我能见到你因悲痛而低垂着眼；
泪水盈眶无法掩饰，却又硬心强咽；
啊，要是我知道你也肝胆俱裂万分悲苦，
这厄运便能承受——这痛苦便能熬住！

夜变得多么阴郁！贡达尔正狂风呼啸；
我将再不能去大风飞扬的峡谷中逍遥——
风吹在我脸上——"狂风啊，你漫游去何方？
为什么我们在这儿流浪，如此远离了家乡？

"我不需要你来呵护我冰凉的眉额，
到那远方去吧，她在那儿正炙手可热，
告诉她我的祝愿，我最后的日子的悲哀，
就说我的阵痛已过去，而她的即将到来。"

真是废话——空洞狂乱的想法！没人会听我说——
我疯狂的诅咒只会消散在一片虚无的空旷——
要是她此刻看见我，也许她会绽开微笑，
笑得傲慢而随意，同时吐出蔑视和讥诮！

即便她那般仇恨，我临终的每一瞥都表明，
这最后的告别里涌动燃烧着强烈的爱情。
灵魂虽未被征服，暴君仍将我强制束缚，
生命顺从我的意志，而爱，我却无计消除！

1838. 11. 1

美梦啊，你现在何方

美梦啊，你现在何方？
多少岁月一去不返
自从在你天使般的脸上
我见到光彩渐淡。

啊，啊，在我眼里
你是多么光彩美丽，
但想不到对你的记忆
带给我的只是忧悒。

那一线月光，那风暴，
那迷人的夏日黄昏，
那庄重的夜，静悄悄，
满月清辉，天无片云，

一切都和你密不可分，
如今只觉得痛苦疲累；
美景全消！我已受够尝尽
你不会再闪射光辉。

128

当美丽的白天装饰了大地

当美丽的白天装饰了大地
或暴风雨夜渐渐降临，
我的心灵对这条路多么熟悉
它应当在上面穿行。

它追寻着那献祭的圣地
孩提时最感珍贵，
途中的一切已全部忘记
连同种种苦难与眼泪。

1838. 11. 5

他伫立在清冷的月光下

他伫立在清冷的月光下
在阴沉沉的河畔，
回想着那场大屠杀
心头蒙上一层黑暗。

轻柔的声音惊破他的梦
溶入四周的寂静；
他也曾听见渡鸦的叫声
只是没留心倾听。

一旦他的名字轻轻道出，
回音便随即消失，
但每阵脉搏都伴着恐怖
当生命奄奄一息。

阴郁的峡谷中阵阵喧嚣

阴郁的峡谷中阵阵喧嚣
比山风掠过更狂野奔放：
那是士兵厮杀时的喊叫
从远处传来更加悲怆。

灰蒙蒙的夜幕还未降落
恐怖的喊叫已渐渐平息，
但当夜色已浓白天早过，
呜咽和呻吟还时落时起。

在阴影笼罩的低洼地里
神秘的暗处颤动着黑影，
那儿躺着位流血的战士，
正等待死神的最后降临。

满天繁星会带来吉兆

满天繁星会带来吉兆：
快去微风轻拂的荒野，
守候那翅膀深褐的小鸟，
它的短喙长爪还在滴血。

不必往四周和地下看，
只默默追踪它往空中瞧；
记下在哪儿它映亮石楠，
然后你便跪地祈祷。

是什么命运在等着你
我可不想也不敢说，
但热切的祈祷会感动上帝
而上帝是仁慈的——这可没错！

狂风在外面喧嚣

狂风在外面喧嚣，
掠过暮秋的天空；
冷雨如注遍地湿透，宣告
这将是多事之冬。

一切像那阴郁的黄昏，
叹息着诉说烦恼伤心；
先是悲叹，不久却变得
——多么轻柔动听！
那热情的词，那古老的歌，
模糊不清，也没有歌名。

"春天来了，云雀在歌唱。"
这歌词，产生一种魅力——
掘开了深深的源泉，泉水涌涨，
时空之神都无法控制。

在阴郁昏暗的十一月，
它们奏出五月的音乐；

将熄的余火变得炽烈，
熊熊高燃再不会熄灭。

在我可爱的高沼地，
风光荣自豪地醒来！
啊，请从高地和峡谷里，
唤我去山间小溪徘徊！

第一场雪后山溪涨满，
岩石覆盖了冰，一片灰白；
石楠丛生的地方水色暗淡，
蕨叶上不再有太阳的光彩。

高山上没有黄星星草，
风铃草也早已枯萎衰亡，
在苔藓铺底的泉水周遭，
在那冬天的山坡上——

比风中起伏的麦田秀丽，
呈现一片纯绿、鲜红、金黄，
是那北风掠过的山坡地
和那幽谷，我漫游过的地方。

"正当早晨，明亮的太阳闪耀金光。"

这让我无比甜蜜地想起
那温馨的时刻，劳作和梦想
都不曾惊扰自由幸福的安憩。

我们欢快地起来，当暮色苍茫
熔成一片蔚蓝和琥珀色之际；
我们的脚步轻捷得像插上翅膀，
飞快地越过沾满露水的草地。

那片荒野，那荒野上的浅草，
在我们脚下就像天鹅绒！
那荒野，那片荒野上每一道
高高关隘，背衬着阳光灿烂的晴空！

那荒野上有红雀啾鸣，
歌声飘荡在古老的花岗岩上；
那儿自由的云雀欢唱尽兴，
将它的欢乐注入每人的心房。

什么语言能表达此刻的心情，
当被流放远离了家乡，
跪在陡峭孤寂的山顶，
看到褐色石楠在那儿生长？

它受尽折磨，并告诉我，
过不了多久它将难逃厄运；
它轻轻地说："邪恶的石壁压迫我，
但去年夏天的阳光中我仍花开缤纷。"

但那令人喜爱的音乐声，
曾使瑞士人的灵魂死去，
并不比毁损过半的钟，
具有更迷人和令人心碎的魅力。

心灵听从于那种魅力，
但它多么渴望自由解放！
假如我曾在那时哭泣，
那泪滴便犹如天堂。

啊，啊！悲伤的时刻正在过去，
虽然仍带着艰难哀痛；
有朝一日爱者和被爱者，
会在山头相聚重逢。

1838.11.11

再待一会儿，只不过片刻

再待一会儿，只不过片刻，
喧闹的人群被阻止，
我可以欢笑，可以唱歌，
这一会儿真如同假日！

你想去哪儿，我苦恼的心？
现在许多地方都会邀请你。
我正一脸疲惫，无论远近，
那儿都可供你好好歇息。

荒山野岭里有一个去处，
冬天风很大，雨水猛而多；
但假如暴风雨阴冷刺骨，
那儿有灯火可把人暖和。

那是幢旧房子，树木秃枝光杈，
暮色满苍穹，明月不可见，
但世上还有什么比得上家，
能有它一半可爱令人渴盼？

鸟儿坐在石上，默默无声，
墙头潮湿的苔藓滴水不停，
园中野草疯长遮没了小径，
我爱这一切——多么爱它们！

我就去那儿么？或是找寻
别的乡土，别的天地，
那儿声调音乐般清新，
口音会引起亲切的记忆？

当我沉思时，在这空空小屋，
那微弱的炉火已熄灭不燃；
我从惨淡阴森的暗处，
走向敞亮晴朗的露天——

一条狭小荒僻的绿色通道走完，
眼前顿时豁然开朗；
迷蒙如梦幻般的淡蓝远山，
如链围在四周，幽远而绵长；

多明净的天空，多宁静的大地，
多么甜美、温和、轻柔的风，
梦幻般迷人景色愈加幽寂，
原野上吃草的羊群到处流动。

这样的风景我多么熟悉，
我熟悉远远近近每条草路，
弯弯曲曲盘上起伏的坡地，
那儿漫游的羊群经常出没。

只要能在这儿多待一会儿，
干上一周苦力我也愿意；
但现实将幻想击个粉碎，
我听到地牢铁门正在关闭。

当我伫立着双眼如醉如痴，
沉浸在深深的珍贵的狂喜，
放风的时间却已飞快流逝，
我不得不重回沉闷的牢里。

1838.12.4

多寂静，多幸福……

多寂静，多幸福！这些词
以前难得协调地用在一起；
原先我爱海浪激荡飞溅不息，
天色多变，有风的天气，

远甚于大海平静天空万里无云，
气候温和舒适，空气凝重肃穆，
森林中纹丝不动无息无声，
绿枝条摇不落一颗露珠。

多寂静，多幸福！现在我觉得
安宁恬静更为可人完美，
胜过最高兴时的欢笑快乐，
不管它的欢喜是多么纯粹。

来吧，坐上这沐着阳光的石头：
这是冬季的太阳下无花的荒野——
请坐吧——我们都孤独无友，
且看苍天宁静辽阔澄澈。

我想在那枯萎的草丛，
依稀可辨孕蕾的春之花冠；
紫罗兰的眼睛羞涩地眨动，
蕨草的嫩叶在悄悄伸展。

但这仅是空想——多少个夜晚，
白雪将覆盖远处的山岭，
暴雨将造成令人气馁的摧残，
风也会展开一场野蛮的战争。

云雀还来不及预先通知
嫩叶簇拥着鲜花开放，
仲夏的晴日也未及开始
戴上它们的冠冕无上荣光。

但我的心仍爱十二月的微笑，
如同爱七月金色的阳光，
那么让我们坐下仔细瞧，
看蓝冰正凝结在那条溪上。

1838. 12. 7

风铃草

夏季的风铃草最可爱芳香，
在微风中摇曳轻轻；
它的花具有非凡的力量，
宽慰我不安的心灵。

紫色的石楠有一种魔力
阴郁得过于狂野而悲哀；
紫罗兰也有芬芳的气息，
但芳香却不会欢呼喝彩。

光秃秃的树上片叶不存，
阴冷的太阳也难得露面；
天空失去了金色的光晕，
大地不再披碧绿的长衫。

冰块在闪闪的小溪上，
投下它淡淡的阴影；
远方的群山和溪谷都像
排列在冻雾中时现时隐。

风铃草再不能令我迷恋，
石楠的紫花也已落尽；
而那深谷中的紫罗兰，
昔日的馨香早消散无存。

虽然我为可爱的石楠花哀伤，
却幸亏离它很远；
我知道自己会眼泪汪汪，
一旦看到它的笑靥。

那些树花羞涩地躲藏在
长满青苔的石块下面，
沾露的花蕊清香不衰，
我并非为这些而悲叹。

是那纤细高贵的花梗，
是那蓝得鲜亮的嫩瓣新蕊，
是那隐于艳绿色花萼中
如深蓝色宝石般的蓓蕾；

正是这些令我的心沉醉，
如符咒使它安宁温柔入迷；
假如它也会催人落泪，
便具有宽人心怀的神力。

我为此而哀哭，因为别离了
一个漫长的阴郁的冬天，
多么想痛哭一回——尤其当我
迷失在满目枯枝败叶的堤岸。

若感到寒冷，沉闷的天上
便应泻落灿烂的阳光，
以瞬息即逝的辉煌，
镀亮那阴湿渐暗的狱墙。

我多么向往，多么渴望
百花盛开的季节来临，
让我离开渐渐暗淡的阳光，
伤悼故乡原野群芳的凋零。

1838. 12. 18

夜色深沉黑暗……

夜色深沉黑暗，冬的呼吸
在贡达尔海滨留下轻叹；
虽然它的风那么哀怨悲戚，
却不再将涨溢的小溪羁绊。

不知道我的马在荒野里，
已迷失转悠了多远；
无论抚爱还是添食，
都无法激励它继续向前；

于是，解下它颈上的缰绳，
我将精疲力竭的伙伴释放；
无边的原野，起伏的山岭，
很快使我们天各一方。

阴暗的乌云连绵不断，
遮得地平线一片黑沉沉；
但却没有任何迹象显现
骤雨或暴风即会来临。

我惶惑而又苦恼地停止，
全身卧倒在石楠丛中；
尽管急切地渴盼着歇息，
心和眼却更警觉清醒。

大约是在夜半时分，
在这样毫无星光的夜空，
我看到从山顶飘然降临
一个幽影般的精灵。

裸露的肩上飘飞着秀发，
像伴月的纤云那么鲜亮；
步履轻捷无声如冰雪融化，
刚闪过银白便随即消亡。

"在这荒野上你寻找什么？
你自天而降；又去哪儿漫游？"
我这样问，当上空的精灵
靠近我并俯下她美丽的头。

"这是我的家，常有旋风飞卷，
路旁的雪堆会越积越多；
已经好几年，已经很长时间，
自从我找到另一住所。

"当狂风吹得人透不过气来，
将原野上的猎人挟裹淹没，
如我的脸在风中变得苍白，
就让我永不再涉足山坡。

"牧羊人恰在山坡上死去，
我当即给予紧急救护；
引导他走上隐蔽的小路，
让他回到家乡的山谷。

"当风暴呼啸在孤寂的海岸，
我用海草干燃起明灯，
火光冲破可怕的黑暗，
海员绝望的眼中一片欢欣。

"对于那些惊散的羊群，
我会保护它们免遭伤害；
我有一种符咒它们全熟悉，
强大的法力救它们出苦海。

"你那匹坐骑离开才几小时，
便死在这片无情的土地；
我曾跪在它和马鞍旁边，
直至生命在它眼中重新燃起。

"相信你不会那么轻易遗忘，
我的仁慈也不会把你拒绝：
我带给你关怀而不是绝望，
带给你谦卑而不是毁灭。

"你将回到寂静的家里，
艰难的岁月会接踵而至；
但我凭火热的眼泪发誓，
相爱的人终将在家团聚。"

1839. 1. 12

奥古斯塔（冬季的洪水……）

冬季的洪水春天的暴雨，
不分昼夜淹没着碧草；
地下幽灵般的竞技地，
未被发现且保存完好；
它默默地昭示着罪恶，
虽然已湮没了那么久，
它让千秋岁月恍若一刻，
只催落无谓的眼泪空流。

1839. 3. 27

格伦尼登之歌

我们傍晚炉边的欢乐，
那种喜气洋溢的气氛，
眉眼掩不住的喜色，
欢声和音乐，已一去不存；

然而门前的青青草地
仍如四月雨中那么嫩绿；
欢快的云雀一如往昔，
整日高唱它们的歌曲。

究竟是恐惧还是苦难，
壅塞了欢乐的源泉？
我们颤抖，莫非因明天
会摧毁我们现在的平安？

我们在为过去的痛苦哭泣？
过去的事不会再伤害我们；
而仁慈的上帝也会助力，
若是有艰难困苦横亘前程。

一人不在了，而只要一人
闷闷不乐，全家都感到扫兴。
一人牺牲了，为了他一个，
大家都脸色苍白，目光凄恻。

阿瑟兄弟，贡达尔的海岸
已结束战争的喧嚣纷乱——
阿瑟兄弟，我们已经归来，
回到德斯蒙德，沮丧又悲哀。

你的光荣捐躯为我们
换得了家园的和平安宁；
然而，那个早晨多么灰暗沉痛，
我们付出的代价多么惨重！

就像那次，穿过薄雾和阳光，
我攀岩来到高山之上，
稳稳端起枪，瞄准目标，
击落了展翅高翔的飞鸟；

但那些猎犬却不满，
虽然我用尖厉的哨声召唤，
它们倦怠地拖在后面，
一边回头向山头探看。

那儿有无声的悲哀弥漫，
它们的痛苦我的绝望一齐沉默；
生命的欢乐一去不返，
他去了，我们备感寂寞。

这寂寞不分夜晚早晨，
这寂寞充斥田野和家里：
我们为死去的人而伤心，
一人死去令全家悲痛不已。

1839. 4. 17

歌（国王朱利斯……）

国王朱利斯离开南郡，
他华美的旌旗迎风招展；
侍从们和朱布里一起出巡，
但他们归来时一路悲叹。

胜利的颂歌响彻云霄，
震耳的鼓声在大地滚动，
然而远处可隐约听到
敲响并传来阵阵丧钟。

多少场胜仗中磨亮的剑，
正被侵蚀出无形的锈痕；
未到中午竟先来了夜晚，
太阳难得升起便已西沉。

当王子们倾听他的呼吸，
四周的王国都畏惧警戒；
紧贴他身的却是死神凶器，
出鞘的刀刃上立着轻蔑。

凶手对准了要害发难，
死神的心肠如铁石一般；
可怜他威名正如日中天，
便抛却了权力撒手人寰。

1839. 4. 20

诗行（晴和澄澈的蔚蓝天宇）

晴和澄澈的蔚蓝天宇，
金黄翠绿的美丽大地，
如伊甸园一向那么灿烂，
我便歇息在这天地之间。

仰卧草地上我陷入沉思，
一心沉湎在孩提时代；
痛苦缓解了，温柔的回忆
消释了狂怒和极度悲哀。

然而此时此刻正映亮
他刚毅黝黑面容的阳光，
啊，是否曾——我渴望明白——
提醒他那声低语那场美梦，
多年前那阵淡淡消失在
迷蒙远处的持久的欢情？

那铁腕人物身世像我，
也曾经是位热情少年，

孩提时他一定感受过
夏日天空的辉煌灿烂。

虽然经受了无数次风暴，
他不可能完全地遗忘掉——
有关童年家园的美好回忆，
忘得一丝一毫也记忆不起；

记不起母亲的慈祥面容，
当她依依不舍地从怀中
放开自己疼爱的孩子，
让他自由自在玩到夜里；

记不起玩的地方，那么欢快
用他的小手采集鲜花，
从渐暗的树荫里归来，
将花插在她乌亮的秀发。

我看见微风吻着他的脸，
他的手指伸在玫瑰花丛，
我觉察淡淡一丝多愁善感，
悄悄笼罩在他的心中。

敞开的窗户呈现着外面

鲜艳的花园和明亮的天，
密密的树林里一阵阵
大自然交融和谐的声音。

他静静坐着。激动的情怀，
最终渐渐平息下来；
仿佛那颗灵魂的上方，
是一片波平似镜的海洋。

我往前靠近，心中顿感欣慰，
他暗淡的眼中含着圣洁的泪；
内心也许在悔恨自责，
灵魂正挣脱锁链离开罪恶。

也许这是命定的时刻，
地狱失去它最后的威慑；
上帝亲自从空中俯身，
招呼爱心赎救的灵魂。

我悄悄注视，悠闲的思绪
和它看到的光一道逝去；
我发觉他丝毫不曾留意
展现在那儿的一切美丽。

啊，罪恶会衰竭催老人心，
比常年遭受痛苦更快更烈；
会让最温暖的胸怀变得冰冷，
如隆冬的朔风和极地的冰雪。

1839.4.28

致风铃草 [1]

神圣的守望者，摇动你的风铃！
你美丽的山花，林地的小孩！
在碧绿的深谷中你那么可亲——
在荒山野岭里你最为可爱！

看到我心爱的风铃草繁盛，
仿佛天地间一派神圣——
看到我心爱的风铃草凋残，
仿佛一切美好都太短暂——
你抬起头来对我倾诉，
娓娓道出令人欣慰的话语。

话语说得轻轻："夏天的太阳
将我整整的一生照亮。
难道我会选择在冬季
在满天的暴风雨下死去？

"我愉快地开花平静地枯萎，
天之清露泣下在我的周围；

哀悼者啊，把你的泪擦去——
不尽的悲痛会年年接续！"

1839.5.9

---

1   原稿在标题前标有奥古斯塔的名字缩写，可看作"奥古斯塔致风铃草"。

五月的鲜花盛开

五月的鲜花盛开，
花瓣自由舒展；
蜜蜂簇拥在花上，
鸟儿飞满树间。

太阳高兴地闪辉，
小溪也唱得欢；
唯我孤独而憔悴，
一切那么阴暗。

啊，我的心多么冷！
它不会也无法振奋；
它和那灿烂的天空
根本无法共鸣。

我的欢乐已死去，
我也渴望安息，
但愿这凄凉的心
能归葬潮润的土地。

如果我非常孤寂，
也许不致沉郁；
当一切希望俱失，
至少不再畏惧。

但周围欣悦的眼睛，
必与我同声哭泣；
我将看到最后的阴晦，
侵蚀他们的旭日。

如若天降大难于我，
未来多风狂雨骤，
而他们柔情的心会解脱
我将甘心忍受。

唉！如同雷电摧毁
旧林和新树，
他们和我都将陷入
逃避不了的劫数。

1839. 5. 25

克劳迪娅之歌

我难以入睡；时值中午，
炽热的阳光当空闪耀，
长长的草叶在我身下俯伏，
晴空蔚蓝将一切笼罩。

我听见蜜蜂柔和的嗡嗡声，
鸟儿的低吟，树林的悲鸣；
在林木翁郁的远远的山谷，
传来安息日钟声悠扬轻徐。

我并未做梦，记忆的镣铐冰冷，
依然紧紧锁着我的心；
但我相信自由的心灵，
一定暂时游离了躯体；
否则在这悲惨的流放之中
怎能见到祖国微笑欣喜？

我躺在英格兰的土地，
头枕着英格兰的草皮；

心灵却漫游在海岸，
在那儿久久地盘桓。

倘若灵魂能这样归来，
我就不必也不会悲哀；
你徒然将我流放千里万里，
中间相隔了大海辽阔；
你或许阻拦得了我的身体，
却万难熄灭我心头永恒的火。

为了正权，我的君主已经死亡，
这颗心永不会将他遗忘；
我感到亲近可爱，是的，倍加亲爱，
虽然他幽闭在死寂的孤坟；
为着他的名字我将忍耐
这遥遥无期的绝望与厄运。

比起胜利后的骄傲光彩，
悲痛的时刻更亮丽神圣；
那颗荣誉之星光华长在，
正是为了它我们流血牺牲。

1839.5.28

不知不觉地它竟已降临

不知不觉地它竟已降临，
这孤独沉寂的夏日黄昏；
清风徐来令人宽慰镇定，
风中似带有往昔的语音。

请原谅我这么久久回避
你温柔的问候，自人间天上！
强健的人都因悲痛而萎靡，
谁又能抵挡深深的绝望？

1839.6.8

1827 年 1 月 10 日写于返回训诲宫 [1] 之时

忙碌的白天已匆匆过去，
亲友们再次互致问候；
晚上的时光也将飞逝，
但——是什么使每人的目光游移，
频频转向门口，

又迅速移开——为什么
突然间满屋里一片死寂，
笑声一下子在叹息中沉没，
愉悦的交谈也顿时低落，
欢快竟成忧郁？

啊，我们在倾听一种声音，
虽明知再也无法听到；
仍期待再响起甜美的话声，
再见到那俊美的身影面容，
但一切皆是徒劳！

他们的脚步再也不能

在这宽敞的门廊里引起回声，
或勇敢地踏雪于高山之顶，
或掠过小河封冻的薄冰，
或漫游在河滨。

他们曾是我们的生命——与灵魂——
相伴于青春之夏，童年之春——
与我们共一活跃的生命，
共同抗击专制的暴政，
始终无往不胜——

他们在战斗中首当其冲：
最先交战，却最后陷落；
他们伟大的精神，闪着家族的光荣，
在荣誉的道路上仍陷阵冲锋，
不愧为世人楷模——

他们一去不返了！片刻也不流连，
像金色的夕阳坠落时那样，
即便已西沉，仍宽解我们的伤感，
带着玫瑰红的微笑预言，
明晨将多么辉煌。

不，这些幽暗的堡垒孤单又荒凉，

这些人群也都心灵空虚；
我们只能观察等待哀伤，
存一份盼他们归来的奢望，
幻想见到他们的身躯；

幻想耳畔有音乐回旋，
如同他们向我们倾诉表白；
仿佛感到他们就在身边，
却开始发现他们并不在，
而且永远不会归来！

1839. 6. 14

1　贡达尔的王子公主们聚会的地方。

一月又一月，一年复一年

一月又一月，一年复一年，
我的琴声单调而沉闷；
终于，欢乐校正了它的琴弦，
琴声又变得欢快动听。

阴沉灰暗的早晨遮蔽
美丽的星光月光，那又算得什么？
它们不过是黑夜的标志，
而我的心是白天，一如这琴声欢乐。

1839.6.18

她揩干眼泪……

她揩干眼泪，他们都微笑了，
看到她脸上又焕发光彩，
却一直没察觉那颗心如何
充满忧伤，每次搏动都溢出悲哀。

她一脸可爱，说话欢快轻婉，
清丽的眼睛整天熠熠闪亮，
他们想象不到，在孤寂的夜半，
她是如何呜咽悲泣苦挨时光。

此时此刻……

此时此刻，那看家狗再次
在暖烘烘的地板上伸展四肢；
孩子们又开始游戏玩乐，
他们离不开温暖的炉火。
家中主妇离开她的手纺车，
笑眯眯摆出了晚餐满桌；
牧羊人添上座位盛情相邀
那不速之客一尝家常菜肴。
来客将斗篷的扣子解开，
脱下了蒙在头上的披戴；
一边说，"陆地或海上的旅人，
很少有品味佳肴的福分"；
但他颇令主人扫兴，因他宣称，
世上没有他未尝过的海味山珍。
满屋人陷入一阵沉默，
愉快的欢迎情绪顿时低落；
倒并非那些话冷峻傲慢，
令他们的殷勤和欢喜一下消散。
不——是他脸上的什么东西，

他们难以形容又无法探知，
以及他说话的声调语气，
令他们热血中都生出寒意。
他又长又黑的缕缕鬈发
垂落在英俊而又可怕的脸颊。
他看来很年轻——却像他们一样困乏，
他们早消磨尽了青春年华。
当他目光低垂，很难抑制
情感不由自主突如火炽；
怜悯几乎无法掩饰眼泪，
他的脸高傲，却又多么俊美；
但当抬起头他的目光如此犀利，
让人心中起一阵冰冷战栗。
于是同情转变成了恐惧，
当目光遭遇上他的凝视。
那不是仇恨在虎视眈眈，
也不是绝望得痛苦不堪；
那不是无用的悲惨不幸，
在嘲弄友谊的自作多情。
不——那目光神秘有如雷电，
在他乌黑的眸子深处闪闪；
如此灼人的电光让人觉得，
唯有魔怪的眼才能这么闪射。
他们高兴地看到他离去，

用那灰色的斗篷围裹自己，
他垂下头靠在了他的手臂，
使他们失魂落魄的威力终于消失。

1839. 7. 12

告别亚历山德拉 [1]

这山谷我在七月里见过，
它可爱犹如天使之梦；
头顶的蓝天圣洁而寥廓，
四周围黄昏夕照朦胧。

我见过紫色的欧石楠，
由久经风霜的岩石守护；
啊，我仿佛看到乐声舒卷，
奔放的旋律唤醒沉寂的山谷——

如此轻柔却能强烈感到，
如此低沉却又清晰可闻；
我的呼吸若停，我的双眼欲销，
眼泪洒作青草地上露珠晶莹。

我会整日在这儿逗留，
不理会光阴匆匆过去，
不留意太阳余晖悠悠，

笑得灿烂而忧郁。

然后，我就将你放下，
并相信你会静静安睡；
亲爱的，也许我会离开，
我想上帝正将你护卫！

但此刻并没有游移的光彩，
没有光表明上帝就在附近；
你那张雪床冰冷地铺开，
催眠曲也那么刺耳难听。

石楠丛幽暗绵长而茂密，
正高高摇曳褐色的手臂；
它们必能以歌声宽慰你，
它们定会保护我的爱子！

啊啊，雪片正沉重地飘落，
它们密密遮盖每道山峰；
将冰凉雪白的挽幛包裹
你冻僵的四肢和前胸。

让风暴更疯狂猛烈地刮起，
让山间的积雪高高飞扬——

再见，不幸的没有朋友的孩子，
我受不了看着你夭亡！

1839. 7. 12

1　此诗曾以《被逐的母亲》为题，1860 年 5 月首次发表于《麦山杂志》。

过来，孩子——是谁赋予你

过来，孩子——是谁赋予你
拨弦弹琴的一手绝技？
你居然激起我种种遐思，
无计消除又无法平息？

别怪我，夫人；很久以前，
在尤拉 [1] 的大厅我听过那乐曲；
要是知道它们会唤醒苦难，
一想起那些音乐，我便会哭泣。

那是一个节日的晚上，
当时我还不满六岁。
我悄悄离开人群和光亮，
找到一间小屋阴冷又幽黑。

那儿没有人疼爱我，
也没有知心的朋友；
我只能去那里伤心难过，
那儿有上帝将我护佑。

风在呼啸；滞留令人伤感，
一切狂欢都与我无缘。
就在那间孤寂的小屋，
我想象千百种黑暗恐怖；

当我抬起泪眼仰望天域，
向上帝祈求让我死去。
在一片忧郁寂静中，突然，
一阵乐曲传来耳畔；

然后是支歌；我侧耳倾听，
歌声深沉优美充满热情。
我想定是加百列 [2] 亲自前来，
把我带回父亲的家园。

那庄严的乐曲响了三次，
余音散尽后便永远消逝。
但每当我独处，那歌词和音调，
却依然在我心头缭绕。

1839. 7. 19

---

1   加尔达恩岛上的一个小王国。
2   《圣经》中传达上帝福音的七大天使之一。

致奥古斯塔

"你现在伫立在绿林旁，
此时此地，似曾相识——
这儿的树叶鲜嫩发亮，
那边，在低低的湖面上，
波光粼粼泛动涟漪。

"微风轻唱如夏日清风徐来，
歌声在空中飘逸，
岩如高塔，树若篷盖，
相衬更显得壮丽。

"但今天，今天他在哪儿漂泊？"
"啊，别问我什么问题。"
"我不问你，夫人；只是说，
您的情人会在哪里？

"他在什么遥远的海滨，
或在海上漂泊不定？
你所倾慕的那颗心，
是否对你毫不忠诚？"

"我爱的那颗心，虽遭你奚落，
但却如墓地忠贞无猜。
无论是恶浪狂风他乡异国，
都不能把我们分开。"

"那为何眉额间蒙着悲痛，
珠泪盈盈双眼中？
请回答——是否因为你曾
对他有过不忠？"

"我凝视着皎洁的月轮，
整夜倾心于她；
直至黎明和中午来临，
于是我忘了她的光华——

"不——不是忘却——我永远
留有对她的甜蜜记忆；
但难道白天会显得黑暗，
就因为夜色美丽？

"我要悲哀地说，唯有一人
能照亮我来日的天空，
即使这灿烂的火轮，
会将我生命的月华断送。"

别往那墓上洒泪

别往那墓上洒泪，
那儿有天使在哭泣；
不必为他过分伤悲，
已有苍天在哀痛不已。

看云层正披阴郁丧服，
渴望着向大地旋卷；
大地接纳它们回归故土，
阴云甚至更浓更暗。

莫非当好人去世时，
上苍也感到了悲伤？
圣徒痛心，天使飞起，
高歌他们爱的合唱？

啊，不，当金色的琴弦震颤，
乐声更清亮响起，
好人会得到乐土一片，
他们将永远在那儿安息。

但他长眠在那个地方，
将不再努力驾他的小船
穿越绝望的大海汪洋，
到达那光荣的彼岸。

宽恕的时刻早已过去，
仁慈受尽轻蔑和挑衅，
为了最终倾吐出愤怒，
摒弃因高傲而冷酷的灵魂。

那愤怒永不会宽宥，
也决不生一丝怜悯，
将嘲笑受害者疯狂的哀求，
因他的悲哀而欢欣。

那受诅咒的人将永远
不会见到造物主的微笑：
怜悯占上风只有瞬间，
复仇才是永恒的基调。

1839. 7. 26

阿米多斯[1]

别入睡，别做梦；这白天
不会也不可能永远灿烂；
你的幸福是多少年阴郁，
多少年痛苦泪水换取。

远比宁静的愉悦甜美，
纯洁高雅得出类拔萃，
然而很快便转化成
绝望和无穷无尽哀痛。

我爱你，孩子，因你一脸圣洁，
眉宇间闪射神灵无邪。
你这热心又可爱的孩子，
太善良而难容于这疯狂时世，
天堂般神圣，却难逃劫数，
心头如地狱一样充满悲苦。

什么将改变那天使般的面容，
扑灭心灵闪耀的光荣？

是严酷的法则，它竟否决
真正的美德和喜悦。

别责备我，若是苦难和恐慌，
蒙上你青春的脸庞；
假如颠簸于罪恶和悲痛
你漂荡的小舟沉没失踪；

我也将遁世，也将衰朽途穷，
让你的人生路与我的不同。
就这样人的思想会改变，
一切沉沦于罪恶并哀叹；
然而人们久久注视远方，
崇敬美德那遥远的星光。

1　贡达尔史诗中的人物，后参与刺杀朱利斯国王。

山上的云雾已渐散开

山上的云雾已渐散开，
预示明天不再雨骤风狂；
白天已经哭了个痛快，
倾泻了它郁积的默默哀伤。

啊，我像返回到孩提时代，
再次成了稚子顽童；
置身在父辈的古老住宅，
挨近昔日客厅的门洞。

整日的大雨下过之后，
我注视这多云的黄昏降临：
夏天的雾霭清蓝甜柔，
天边的山峦时现时隐。

碧草的长叶上水珠清亮，
如清晨的泪露一般稠密；
四周一片梦幻似的幽香
那正是累月经年的气息。

1839.7.27

你将逗留多久……

你将逗留多久？夜半教堂的钟声，
已经袅袅响过最后的余音。
来吧：炉火已熄，灯光幽幽，
你的眼睑低垂，眉头不堪重负。
冰冷的手握不住乏味的笔；
来吧：黎明将恢复你的气力。

不：让我在此徘徊，离开我，
让我再沉思幻想片刻。
此刻我多快活，莫非你想断送
我那永不再回归的美梦，
那虽假犹甜的幻境？因我心中清楚，
梦醒后将是多么凄切痛苦。

"在这间阴暗的屋里能有欢乐？
忧郁的风在四壁间阴冷萧瑟，
连窗户都在渐浓的昏黑中呵欠，
那儿仅你在守夜，凄凉又孤单。
再说，你脸上没有一丝笑容，

眼中满含比苦泪更甚的悲痛。

请看那片树林，那孤寂凄凉的山，

想一想明晨它们有多大改变：

苍穹的门户展现无垠的蔚蓝明亮，

树叶和碧草上露珠闪光，

乳白的晨雾在河面上升腾，

无声的巢中野鸟突然啾鸣，

您那些孩子的欢声正在追寻

快乐一直在培育的缥缈幽灵。"

"是啊，说起这些，你能否告知原委，

为什么白日的气息令天地如此壮美，

促使万籁复生，让整夜在痛苦中

抽搐的心重又欢快地跳动？

难道不是和煦的风和灿烂的阳光，

诱使悲者痛彻的心忘了哀伤；

徐徐飘过的一切欢快的音乐，

和碧空中一切的壮观天色，

再次令他依稀忆起孩提时代，

使他困倦的双眼不再凝视未来？"

1839.8.12

不是傲慢，不是羞辱

不是傲慢，不是羞辱，
促使她离开豪华的殿堂；
虽未想到心会被驯服，
她却并非为突然失败哀伤。

确实，在一大群孩子中，
她毫不引人注意、受人宠爱，
那些欢乐而骄傲的孩童，
正在尽情尽兴地玩个痛快。

人人都顺从他们的意愿，
个个愉快地听他们喊嚷；
她不在意这些，只是双眼
禁不住泪水盈盈满眶。

是什么使她哭泣，使她在这
阴沉的日子里悄悄溜进园中，
将她的宝石项链扔在一侧，
走上崎岖孤寂的小径；

在一棵雪杉的树荫下，
不顾一切躺倒在潮湿的草地；
唯有幽暗的树冠，别无其他，
挡着天空的阵雨，将她遮蔽？

我见她站在长长的游廊里，
注视着那儿的孩子们。
他们正在廊柱间玩乐游戏，
在大理石台阶上跳跳蹦蹦。

夏日的黄昏美妙地降临

夏日的黄昏美妙地降临，
我的住所正沐浴柔和的光辉；
天空是那么明净神圣，
没有一片云也无一丝阴晦。

古老的塔背衬金色夕照，
俯视着徐徐下沉的落日——
黄昏和黑夜交融得如此神妙，
你几乎难辨白天逝于何时。

这正是大家欢乐的时刻，
我们往往会飞出门去，
从劳累辛苦中寻求解脱，
欢快地出去玩乐逗趣。

那为什么一切都寂寞忧虑？
石阶上再没有快乐的脚印——
没有欢笑——没有会心的话语，
到处是一片无声的寂静。

我在院落里往来徘徊，
依然觉得在每处转弯，
我应当问候走近的每一位，
和轻轻掠过的微风交谈。

这却是徒劳——今天他们不会前来，
晨光升起却依然沉闷晦暗。
告诉我——他们是否一去不返，
连太阳也在忧虑的迷雾后眨眼？

啊不；挑剔的希望确实宣告，
它好为失去的欢乐表示遗憾，
每一场遮天蔽日的风暴，
都预兆更朗丽灿烂的晴天。

1839. 8. 30

191

奥尔考纳 [1] 啊……

奥尔考纳啊，我正心绪不定，
有时候整个心灵会飞越
那年复一年的孤苦伶仃，
那横绝我们之间的久久离别。

希望和绝望轮番而起，
来抚慰或动摇这疑惧的心，
它边微笑边苦苦叹息，
诉说我的恐惧，我的多情。

于是我说："在阿雷恩山庄——"
（哎呀，居然会有这样的梦幻，
我非常清楚，不管发生什么情况，
阿雷恩不可能再是我的家园。）

但，且听我说："在阿雷恩山庄，
当凌晨第一抹红光闪动，
有人便欣然笑迎霞光，
卸去一切焦虑苦痛。

"她目光暗淡，脸色苍白，
会招惹晨风的轻轻爱怜；
世人享受的和平自在，
她追求多年却难偿夙愿。

"多么奇妙呵，看雾霭轻轻
从清亮静谧的湖面上升起，
高高飘逸在树林和山顶，
与天上灰色的云层融合汇集。

"多么奇妙呵，看那云霞
在明亮的晨光中渐渐消散；
看掩盖仲夏晨色的雾纱，
朴素的雾纱徐徐融化不见。

"啊，旁人看来奇妙，她却例外，
在大自然神殿里受尽冷落，
现在她跪下虔诚地礼拜，
对你爱慕得失魂落魄。

"当久怀心头的希望最终破灭，
当这一伤心至极的时刻来临；
无论先前对他的信念多么强烈，
此刻也促使她不再相信。

"泪水天天从心底涌溢不停，
现在已开始冻结不流；
当她凝视着那条小径
在那树林里明灭清幽，

"她的呼吸并未急促不安，
因没见到任何骑手疾驰而过；
她憔悴的脸色如死灰一般，
阴郁的目光死神一样冷漠。"

1839. 9. 6

1　即奥古斯塔。

歌（啊，在悲痛和欢乐之间）

啊，在悲痛和欢乐之间，
不可能有倾心相爱；
伤透的心，当故人离散，
徒然珍惜友谊的欢快。

我知道当我凄切哀怨，
你眼中绝不会流露笑意；
然而我也知道你永远
不会因同情而哭泣。

让我们分手吧，你我心心相印
的日子已一去不再来，
我将去大海上航行，
我将浪迹于荒凉的沧海。

有岛屿坐落在滔滔海浪后：
在那儿可自由地宣泄哀怨；
而且，亲爱的，你夜半的枕头，
没我相伴将更为柔软。

在每次归来的时候，
当你的心热切地跳荡，
不必再佯装歉疚，
不必再留意我的沮丧。

那乏味的信物随时日推移，
已不再为你记忆珍重；
最后了结一切昔日的联系，
对你来说我不过是一场春梦。

1839. 10. 15

那时候我的脸颊会阵阵发热

那时候我的脸颊会阵阵发热，
若是如卑鄙恶棍般谎言假语；
不受拘束的本性会断然拒绝
要求它顺从谨守的法律。
啊，青年时代真是充满激情，
为了追求真理我会甘愿牺牲。

那时为了真理正义和自由，
我会慷慨快意地献身。
如今我平静地看待和忍受
傻瓜的嘲弄，虚荣者的笑声。
不是因为我的心已被驯服，
不是因为害怕，或者羞辱。

我的灵魂依然会恼怒，为着那些
自欺欺人的谬误，自私的诡辩；
我依然独自勇敢地面对世界
像过去面对恐怖一样经受磨炼。

只是我知道，不管我怎样皱眉不满，
这不变的世界依旧滚滚向前。

1839.10

我听到风在不断叹息

我听到风在不断叹息，
带着最凄凉的秋声；
枯叶满地厚厚堆积，
恰似春日层层落英。

这苍茫夜色引我漫游，
信步走得很远很远；
昔日的情感袭来心头，
如秃鹫围着猎物盘旋。

曾经柔情似水，珍藏心间，
如今却只剩惨然冷漠，
我愿旧情的余影消散，
当它的光彩远离了我。

犹如耄耋之年的老人，
硬装扮儿童的娇样，
我已变得僵硬的心灵
去俯就它们奔放的幻想。

但倘能以过去的欢乐，
换得昔日哀痛的遗忘，
随着最疼爱宝贝的夭折
最深巨的痛苦也消亡；

啊，那么又一片晨光，
会侥幸地升起在头顶；
又一个夏日映红我的脸膛，
又有爱充满我的心。

1839. 10. 29

爱情和友谊

爱情好似野玫瑰，
友谊却像冬青树——
玫瑰花开，冬青叶绿，
谁更能青春常驻？

春天玫瑰多娇美，
入夏处处花香溢，
然而一待冬天到，
谁会夸玫瑰真艳丽？

别理睬傻乎乎的玫瑰花环，
请用冬青绿叶打扮自己；
一旦严冬毁损你的红颜
你的花环依然苍翠青碧。

同情

你应当没有什么绝望，
当夜间繁星闪烁辉映，
当黄昏时分夜露徐降，
或当阳光镀亮了黎明。

应当没有绝望，虽然泪水
倾落如河水滚滚：
难道多年珍爱的宝贝，
不时萦回于你的心？

他们哀号——你悲泣——必定如此；
风在悲叹，因为你在呜咽；
冬将哀伤倾注在雪里，
雪下堆积了秋天的落叶。

但他们复活了，你的命运
与他们紧紧相随，
那就继续前行，别太欢欣，
但更不要悲哀得心碎。

咳，有人嫉恨有人鄙视

"咳，有人嫉恨有人鄙视，
有人完全忘了你的名字，
然而我悲痛的心一直哀伤，
你毁损的名声，破灭的希望。"

一个时辰之前我这样考虑，
甚至为那不幸和痛苦悲泣。
有句话却止住我泪如泉涌，
让我眼中闪烁起冷笑不恭。

我说："那就祝福这友好的遗骸，
藏起你那无人哀悼的脑袋。
你是那么脆弱却又自负，
成了谬误、高傲和痛苦之奴，
我的心和你截然不同——
你的灵魂对我毫不起作用。"

但这些思想也同样消失——
不明智，不圣洁又不真实——

我是否曾藐视胆怯的鹿，
因为它心怀畏惧而奔跑迅速？

我会去嘲笑狼的垂死哀号，
因为它那样肮脏瘦削潦倒？
或幸灾乐祸听野兔哀鸣，
因它不能勇敢地面对死神？

不！那么超越他所记忆的一切，
让怜悯的心尽可能温柔体贴，
就说："泥土啊，请轻轻盖在那胸前，
仁慈的天呵，让他的灵魂安眠！"

1839. 11. 14

凛冽的风从树上

凛冽的风从树上
将叶儿刮落；
残酷的命运负载
枯干的遗体给我。

我们继续漫游，没有休息，
这是个阴郁的日子。

这是什么阴影
在我眼前一直移动？
它的脸色鬼一样苍白。

1839. 11. 23

他的王国会砸碎痛苦的锁链

他的王国会砸碎痛苦的锁链，
他的臣民会重获自由解放，
他们有着一千次希望，
而他的希望已死去。
月光轻柔地洒在海面上，
大海自由地腾涌波浪，
贡达尔的风庄严地歌唱
家乡夜半的赞歌。

风在他的狱墙四周歌咏，
他的整个心弦都在颤动，
因风声带来了种种
有关往事的回忆。
他的灵魂飞离下面的暴风雨，
到达了从无阳光的雪区；
那是不变的悲哀的疆域，
因绝望而一片死寂。

杰拉尔德[1]的王国会砸碎锁链，

他的臣民会重获自由解放，

他们有着一千次希望，

而他的希望已死去。

他的自由的太阳已沉；

他在尘世的命运已定；

在牢里关上几个冬春，

然后是一座死囚的坟。

1　贡达尔联合王国的执政之一，后为朱利斯所害。

不必惊慌！阳光正圣洁安宁

不必惊慌！阳光正圣洁安宁
洒落在教堂的墙上；
我的脚步虽然显得孤零，
圣徒们会保护你不致受伤。

即使是夏天的中午也别畏惧；
这阴影应当是夜的欢迎。
楼梯虽陡，但很快便着地，
我们将休憩得长久而宁静。

我们的路在墓穴之上，那又何妨？
死者正沉睡在自己的坟墓；
为什么活人该害怕踏上
通向他们未来归宿的路？

我常常听到风声渐猛

我常常听到风声渐猛，
心中便十分欢快；
你或许看到我热泪滚滚，
因喜悦而泪流满腮。

那时我常爱在冬夜，
独自躺着静静追忆
少年时怀抱和知悉的
所有希望和真正乐事。

所有这些美好感受
只要在未来时刻牢记，
它们升起如满天星斗，
依然明亮而美丽。

1839. 11. 28

我一直在绿树林里徐行

我一直在绿树林里徐行，
在花繁、含笑的平原漫游；
我久久谛听低沉的潮声，
和鸫鸟的鸣叫阵阵颤悠。

我收集了淡雅的报春花，
和馨香浓艳的紫罗兰；
我到过常春花生长的水涯，
和敏捷的赤鹿优游的林苑。

我曾攀登远处的高山，
俯临潺潺轻唱的银色小溪；
也曾依傍清澈低语的山泉，
和林木成荫的青翠坡地。

我去的地方有挺拔的白杨，
耸立在壮丽秀美的大地；
那儿夜莺不断地歌唱，

歌声庄重又哀怨悲戚。

1839. 12. 14

那阴森森湖面黑沉沉夜空

那阴森森湖面黑沉沉夜空，
惨淡的月勉强穿过乌云；
那沉闷的窃窃低语，
好像不敢放开声响，
如此悲切地落在我的心头，
使我的欢快顿时枯萎。

别碰它们，它们开花微笑，
但它们的根在逐渐干枯。
啊！…………
（未完稿）

当生命终了……

当生命终了，他被安葬在
光耀的福地。
我从那年轻圣徒的墓穴离开，
转而凝视你。

他是在夏日的某天离别，
灵魂升上天国；
而你却走在某个冬夜，
多么凛冽的时刻。

1839. 12. 19

她在温软的胸前

她在温软的胸前，
轻轻哄婴孩入睡；
夕晖悲哀却璀璨，
寒冬的落日正西坠。

我凝视你诚挚的眼睛

我凝视你诚挚的眼睛，
在那儿读到潜伏的悲伤；
看到你年轻的心哀叹不停，
我真妒忌这样的绝望。

为少年时的首次烦恼而轻生！
这命运很久前便已写明。

费尔南多[1]写于加尔达恩狱洞
——致奥古斯塔

你的太阳已近辉煌的顶点，
我的太阳却沉入无边黑暗；
假如这黑暗只是催人入睡，
那么我将安息而你将流泪。

别说什么我的早早夭亡，
会导致更凄惨阴暗的下场：
这么多年受尽了大难大苦，
难道还以永远悲泣做惩处？

不，我认为决不会这样；
仇恨之神也不能眼睁睁，
看他的臣民恐惧绝望，
承受这永恒的痛苦不幸！

使我受尽折磨的痛苦，
必由正义中止解除；
这弥留时的气喘咻咻，

其痛苦比死更难忍受。

假如我多年前曾有罪过，
那罪愆早因哀痛而解脱。
我日日夜夜受着煎熬，
在黑暗而担惊受怕的小道。

无边荒原延伸在我的四周，
天上风暴捶击我赤裸的头；
我没有跪下：想在那儿祈祷，
以求一丝怜悯，却完全徒劳！

我怎能祈求爱的哀怜慈悲，
当邪恶的天穹在头顶皱眉，
正积蓄它的闪电以图摧折
我唯一的无比珍贵的欢乐？

雷电轰鸣——伊甸园多遥遥闪亮，
以前我把它看作我的风光：
天国一切意想不到的欢乐幸福，
决不会令我的过去相形见绌。

岁月黯淡往事，死亡使人分离，
但已发生的将永存于记忆；

而你，不忠的朋友，邪恶的领路人，
走开，且去满足你残忍虚荣的心。

去吧，将耻辱刻在对我的回忆，
每说起便诅咒我可恨的名字；
我被关在土牢遍体鳞伤，
饶过我性命却为歼灭我的思想。

留我于枷锁和黑暗之中；
当我的心灵变得困乏沉痛，
当理性的光芒与我诀别，
疯狂使我不再感受你的轻蔑。

然后再来——你决不会退缩，
我知道你一向无所畏惧——
饮最后一满杯胜利成果，
趁死神尚未将我引去。

再看看至死一片痴心的受骗者，
都是为你而绝望，而身败名裂！
看看这不幸的人，扪心回顾总结
早被置之脑后的他的黄金岁月。

莫非记忆在忘川 ² 里一睡不醒？

或在你心间唤起它的耳语之声？
记忆啊，醒来！让那些情景重现，
让她傲慢的心也哀痛伤感！

请展现那一幕，孤寂的绿树林里，
倾泻着仲夏夜如水的月光，
在朗朗夜空下，银辉若潮汐，
涌动在埃尔德诺的湖岸上。

在那儿，流连陶醉于紧紧拥抱，
互诉年轻人火热的爱情，
她坐着，深情地追索寻找
波浪中他矫健的身影。

就在那张沉思的脸上，
她热切的目光久留不去，
还央求："费尔南多，今天晚上，
请咏唱我喜爱的歌曲。"

他微笑着唱起来，虽然每支歌
都与他昔日的信仰不合；
他的心却为她备感欣喜，
不惜将美德信仰和天国抛弃。

唉，你已清偿了我的情债！
但假如天国有上帝在，
他神力无边，说话无不应验成真，
那么这地狱也该折磨你的灵魂！

1840.1.6

---

1   被奥古斯塔征服后又抛弃的青年。
2   原文是勒忒（Lethe），希腊神话中冥府的河流，饮其水即忘记过去的
     一切。

欢笑已经远远地躲离

欢笑已经远远地躲离，
这是黎明前长长的三个小时，
我孤独而忧郁地看见：
你的幽灵来了，来和我交谈。

被遗弃的人啊！你的尸体冰冷，
胡乱葬在异国他乡的荒坟。
年复一年依然是坟头草色青青，
坟下的尘土里你却长眠不醒。

我不想提起你遭贬损的名字，
它蒙上了无法忘却的奇耻；
倒不是因为我破碎的心胸，
也受尽这疯狂世界的轻蔑嘲弄。

你幽灵般的脸因悲痛而黯然，
眼泪在上面留下可怕的痕迹：
那流不完的泪！但愿泪水漫漫，

能将你心中疯狂的绝望浇熄。

它们也像洪水淹没我的心，
就像暴雨在罪恶之城¹降临；
当听到你的仇敌嘲笑讽刺，
我不禁紧紧和你站在一起。

我们共同的仇敌——他们绝不停下
在你入土尸骸上的疯狂践踏；
因为厄运而发泄他们的仇恨，
透过坟墓，他们看到你也怀恨在心。

但上帝和人类截然不同，
上帝的心思人类无法读懂；
复仇之心永远不会折磨你，
也永不会对你的心跟踪追击。

那就别在这个悲痛的夜里，
在这个恐惧压倒一切的时刻，
啊，别以为上帝会离去，会忘记，
会遗弃，或拒绝倾听你的诉说！

我梦见了什么？他沉沉入睡，
我的心为着他而空自流泪：

他安息了，而我忍受着不幸，
多年前他早抛却的悲痛。

1840.3

1　该城居民因罪恶深重，致使全城被神毁灭，详见《旧约·创世记》第18—19章。

现在叫你已经太晚

现在叫你已经太晚：
我不想再圆那场梦；
每阵欢乐映亮我的脸，
也带来事后的悲痛。

况且，薄雾尚未散尽，
贫瘠的山坡寸草不长；
阳光和醒来的早晨，
没添多少金色的景象。

然而，在我感恩的心里，
将珍藏你可爱的身影；
因只有上帝知道对于你，
我的童年是多么神圣！

1840. 4

224

我不会因你离去而哭泣

我不会因你离去而哭泣，
这儿原没有什么可爱；
但黑暗的世界倍加令我哀戚，
当你的心在那儿悲哀。

我不哭泣，因夏的辉煌灿烂，
总是以晦暗告终；
最幸福的故事的发展——
结局却是青冢！

而我已厌倦了大悲大痛，
那令冬日更为凄凉；
我也厌恶精神的疲软无用，
因多年的彻底绝望。

因此在你的弥留之际，
假如我碰巧落了泪，
那是我的灵魂在叹息，
它将去和你一道安睡。

1840.5.4

奥古斯塔致阿尔弗雷德

在如此时辰如此地方，
世界似乎是一片光明；
我们狂喜的心居然会忘
夜晚必将很快降临。

阿尔弗雷德呵，我无法想象
世上会有悲哀的阴影；
满心是天国极乐的遐想，
它遍布树林、大地和海洋，
在天空漫溢而风行。

那天国通过我情人的脸庞，
赢得了我的崇拜；
天国在他的蓝眼睛里闪亮，
迸射出更强的光芒，
自然的天空哪有这等光彩。

我知道我俩的通灵是神授天赐，
我知道当我们去世，

即便看来邪恶的，如同你，
作为上帝的一部分，也将耀如火炽，
显出绝对的纯粹本质。

十一月的凌晨十分清冷，
它的变化毫无魅力可言；
缺乏爱情，无人关注，消逝无声，
我们并不指望多待一个时辰，
也不因夜晚降临而伤感。

辉煌壮丽的，是六月欢欣的黎明，
那般可喜地渐渐升起；
但谁能眼看着璀璨将天空
让与暮色的凄惨阴沉，
而不感到遗憾惋惜？

那么，难道你不是我金色的六月，
没一丝薄雾也没一霎阵雨？
像人间的太阳夏季正午般热烈，
天国的太阳就在你的眉宇。

让别人在修道院或隐居地，
追寻他们神圣的太阳；
我则在这儿找到更美的圣祠，

和更幸福的崇拜敬仰。

以沉闷的仪式，或修行——
斋戒，敬畏，他们才得极乐陶醉；
我唯有一种仪式：甜蜜的一吻，
一种修行：温柔体贴的泪。

啊，倘若能永远这样，
倘若我能永远如此崇拜；
我将祈求永恒的上苍
为我造一座天堂，
不为任何别的——只为我的爱！

1840. 5. 6—1843. 7. 28

假如分担悲痛能感动你

假如分担悲痛能感动你，
假如能为你排忧消灾，
假如同情怜悯能感化你，
那么请上我这儿来！

我已经孤独到极点，
也不可能更忧郁憔悴！
我衰弱的心如此乱颤，
它将为你而碎。

当整个世界藐视我，
当天国排斥我的祈祷，
难道我的天使不来安慰我？
我的偶像不倾听我的呼号？

是的，凭我为你洒的泪，
凭我这么久的痛苦悲哀，
啊，我一定会再次
赢得你，我的至爱！

1840. 5. 18

这是月光，夏夜的月光

这是月光，夏夜的月光，
柔和、寂静而又美丽；
恬静安谧的夜半时光，
甜美的银辉到处充溢。

最甜美的地方是在树林，
微风吹拂的枝叶高高在上，
或低低弯下从而构成
与天隔绝的掩蔽场。

正是在那荒僻的树荫下，
躺着一位可意的少女，
如茵的芳草和带露的花
在她头边温柔地起伏。

1840. 5. 19

230

夜风

在仲夏温和的半夜，
一轮明月朗朗照进
我们敞开窗子的客厅，
窗外的蔷薇露珠盈盈。

我静静坐着沉思冥想，
夜风轻拂我的头发：
告诉我天空那么澄净，
沉睡的大地明媚如画。

我不需要天地的呼吸，
来报告这样的观感，
但它仍对我轻轻低语，
"树林里多么幽暗！"

"密密的枝叶因我的絮语，
如梦一般瑟瑟作声，
所有这些数不清的声音，
似乎都充满了灵魂。"

我说："去吧，你这优雅的歌手，
你迷人的声音十分可亲，
但别以为这样的音乐，
就有力量打动我的心。"

"我的玩乐伙伴有香花，
和幼树的柔嫩枝条，
我将放任天性自由自在，
让感情流淌在自己的河道。"

轻风还不想离开我，
她的亲吻变得更热情——
"啊，来吧，"她如此甜美地轻叹，
"我会赢得你抗拒的心。"

"难道我们不是青梅竹马？
难道我不是恋你至今？
就像你始终爱这夜色，
它的寂静诱使我歌吟。

"当你的心不再跳动
长眠在教堂的青石坟茔，
我将有足够的时间哀伤，
你也有足够的时间独吊孤影！"

                                  1840.9.11

格伦尼登（？）

伙伴们，我们站立了整整一天，
身边有狂风不停地呼啸；
一整天我们看着洪水幽暗，
在我们的船边滚滚滔滔。

早上起就未见一缕阳光，
乌云堆积起层层阴郁；
沉重的心会感到绝望，
生性胆怯的不免畏惧。

但请看每位水手的眼睛，
为傍晚的火焰映亮，
想想暴风雨的天空
并不受我们的热情影响。

大家眼中闪着不同表情，
嘴角挂着不同笑容；
但仁慈和勇气却鼓舞欢欣：
将力量注入每人的心胸。

这正是驰骋想象的时刻，
红红的火焰明亮地闪动；
当火焰燃烧得通红炽热
似乎正做着最甜美的梦。

各人的心思我难以揣度，
有些却知之甚详，
就像我听见大海潮落，
复又缓缓高涨。

爱德蒙的心早就飞去：
穿梭于茫茫的森林，
树梢都朝海岸方向弯曲，
凝视着潮落潮升。

那儿有个人，她的嗓音我熟悉，
令人激动震颤的声音
使他的脉搏跳得更急，
也使其他人同样欢欣。

我也渴望握住她的手心，
能够得着她的顾盼；
赢得白帆，齐多拉[1]的海滨，
和尤拉的伊甸园的天。

玛丽和费罗拉两人的眼色，
常常蒙着一层忧郁严肃，
那认真的外表意味着什么，
我都知道得一清二楚。

仅仅两年或者多一点，
自从她们敢于下海航行；
这样的夜晚会重现
当年那第一次的情景。

那低低的叹息，那姗姗来迟，
盼望而又担心的时刻，
在苔藓丛生的门边别离，
向那高楼投去最后一瞥：

我知道他们陷入了回忆，
这时候天色垂暮，
他们只能和外人一起，
守卫他们的小屋。

1840.9.17

1　加尔达恩岛上一王国。

让你渗液的树枝在那里

让你渗液的树枝在那里，
偿还每滴痛苦的泪：
难道我年轻时的错误过失，
要在这儿常受责备？

谁让你发誓保守秘密？
将那可恶的名字锁在记忆？
好像健忘之神曾经光临，
将它幸福的气息吐在我身；

就像穿越过去疯狂时刻
一切困惑的迷宫时，
我忘了早年的岁月，
而你却愿意回忆。

奥古斯塔之死

那些人整天坐山坡上，
他们是不是牧人？
可他们没有狗和牧羊鞭，
附近也没有羊群。

他们的衣着十分寒酸，
头发又黑又长；
每人腰带上佩着刀剑，
如土匪的长刀一样。

其中有个高挑的漂亮女人，
以前或许是公主；
看她那样的倜傥不群，
高傲庄重又严肃。

但她正紧紧皱起眉，
一脸的轻蔑冷漠；
似乎出生以来从未有泪

从她的脸上跌落！

幸亏她没有帝王的节杖，
没有领土可供擅权：
否则恐惧会迫使臣民伏降，
而爱则躲得远远。

但，爱甚至近在眼前，
以他最炽的激情：
爱向这邪恶的女人呼唤，
那么和蔼诚恳——

他也出身名门，却向她
谦卑地鞠躬，恳求，
直至他双眼盈溢泪花
将她的傲慢浸透。

"安杰莉卡，我自出生之年，
就见惯冲突斗争，
活在这厌倦的人世间，
一生都漂泊不定。

"受诱的猛虎也没这么饥渴，
贪婪着猎物血肉，

受尽世人和法律折磨，
我再也不能忍受。

"我双手沾满无辜的血，
将被排斥于天国之外；
甚至在这他乡外界，
也找不到安全所在。

"在茫茫世间悠悠流年，
直至永恒无疆，
要超度灵魂出罪愆，
你是我唯一希望。

"然而，没有一个圣徒，我发誓，
能比我更忠诚；
神圣的天国没一个天使
能爱你更真诚。

"我愿为你吃苦受罪，
哪怕终此一生；
而只要你偿还我的泪，
回报我的爱情！"

只因多次被冷落一旁，

这粗人继续恳请；
但今日那女人脸上，
却泛起一层红晕；
她转身说话，目光如火闪亮，
像她通红的脸颊一样：

"我已遍尝各种的爱；
无不令被爱者悔恨；
你的又有什么例外，
莫非更为纯真？

"听着，我认识一位热情的人，
曾为她献出我的心；
不，不是爱情，别吃惊——
这爱如天国一般神圣；
至少，假如有过真诚的爱，
存在于少年之晨的霞彩——
早在这世界的瘟疫泽潭
散发出腐味瘴气之前。

"那人的心如热带太阳，
能点燃一切物品；
拜火教的信徒再虔诚敬仰，
没我一半崇拜一半热情。

彩虹亮丽在暴风雨后的天上，
也不可能这般受到欢迎。
我的心日日夜夜和她相依傍：
她是唯一令我满意的光芒。
她是我儿时伙伴，少时向导，
我唯一的幸运，唯一的骄傲。

"但可恶的是同一片土地，
竟又生出那么个恶魔仇敌！
她用自己的手拉满了弓，
却将我的深情来愚弄；
蔑视我的祈祷、嘲笑我的伤悲，
让我如花的青春淹没于泪水。
警告和责备都于事无补——
她对别人的痛苦不屑一顾。
我的情人她也不放过，
还引诱他不顾及名誉：
先撩拨勾引他的爱慕，
然后将这邪恶的拥戴者驱逐。
道格拉斯，他苦苦地哀求，
就像你一样恳求个不休，
愿受一死或终生监禁，
但求不判流放苦刑。
我们都受奚落，被无情驱逐，

流放到完全陌生的国土；
那段日子，真正阴郁不堪，
有关这奇耻大辱的梦都太迷乱。
我现在不想回顾那些日子；
在那山洞里所立的誓词，
和它的实现，那些已不是秘密——
你知道我们一起做了反击。
但——你永远不会清楚，
我的心所受的痛苦。
当无辜的血将人远远分开，
我感觉一个人再不可能有爱！
归来，疯狂的思想！——坟墓幽深死寂，
我的阿米多斯在那儿安息，
而我已久久忘了哭泣。

"现在听我说，在这野地荒山，
我今天看见我的仇敌。
没带武器，孩子般孤苦无援，
正在向阳草地上小憩。
只两位朋友——没别的卫兵，
他们在山腰结伴而行，
兴高采烈地将野羊追踪，
沿一条险峻的小径。
我举起手——拔刀出鞘，

蹑手蹑脚走上前去，
却惊起了一只野鸟，
它突然的鸣叫引起她的警惕。
但她没有动弹，只抬眼往上，
凝视一下明亮的太阳，
同时发出如此忧郁的叹息，
我想此时她不应当死，
既然活着如此悲凄。
现在，道格拉斯，为了追击这一伙——
为了未来幸福，和以前的不幸遭遇，
以你的身手帮助我，
将我们的仇敌送进地狱。
先除掉她的朋友，以便让她品味
更深更浓的痛苦之杯。
他们站在那儿，看大海波浪
在山洞里冲激回荡——
那是他们向大地海洋永别的时候！
来，道格拉斯，起来跟我走。"

*　　*　　*

头顶云雀在清脆地唱，
蜜蜂嗡嗡声十分甜美；
环绕着他们死的地方，
海上来风轻轻地吹。

美丽的塞莱[1]抬起眼，
看一看海水闪烁；
看一眼山后的天
夏天的太阳正沉落。

但她的脸渐渐失去光彩，
倦怠的眼睑将永远闭合，
似乎讨厌阳光会破坏
她十分渴望的宁静平和。

她很快虚弱下去——
甚至记忆也变得朦胧；
她这一生的重大日子，
都杂乱地缩成一梦；

她的头脑已想不起，
任何痛苦或是欢快，
阴云汇聚来笼罩了记忆，
就再也没有散开。

行了，行了；你不必再去看
那些人的眉眼！
不用去扶起那低垂的头，
或吻那苍白的脸。

快吐出梗在喉间的悲切，
莱斯雷勋爵 [2]，你不妨大声哭泣：
最严峻的眼睛，对这样的永别，
也会一掬同情之泪。

散落在她胸口的长发，
被微风轻轻吹起：
"她的心在跳，"莱斯雷说，
"她还没有死！"

他仍亲密地紧贴着她，
仍然怀抱着希望；
没留意在他年轻的胸膛下，
鲜红的血液在流淌。

地上的阳光最后消失，
满载的蜜蜂纷纷归巢；
山下的大海，涛声如泣，
波浪相逐飞沫高。

尸体在他臂弯里逐渐沉重，
满天星斗隐约明灭。
他竟感觉冷若严冬，

在这温暖柔和的夏夜。

一团忧虑的阴影飘来，
占据了他的双眼；
沼泽和天空都在摇摆，
显得混乱、阴郁又怪诞。

他轻轻祈祷："死神啊，
且慢做出你致命的一击，
直到我听见女王说话，
'那些叛国贼真是卑鄙！'

"上帝呵，请救护她的生命，
这天大的恩惠不是给我；
上帝呵，请保佑她能得胜，
否则不必赐福于我！"

阵阵呼天抢地的痛哭传来，
那生死别离的剧烈悲苦；
他已渡过了那片大海，
再没人能够重渡。
……

    *   *   *

道格拉斯斜倚在深井边上，

四周坑沿长满石楠；
在这美妙宁静的地方，
阳光明亮又温暖。

蔚蓝的天穹高高在上，
轻柔的和风低声吟唱；
还有那小溪永远清澈，
这一切和谐地彼此融合。

他斜斜倚在阴凉的一边，
注视着海水高涨，
那声音景象多么神奇壮观，
消除了他的忧伤。

近处有人在说："她会过来，
道格拉斯，你将成为，
我的爱，虽然那死去的人，
应该起来和你竞争！

"现在，只要你拿起武器，
像我一样，鼓起勇气去行刺，
贡达尔的王室将悔恨悲叹，
埃尔默山上的这一天！"

他们没等多久，石楠窸窣作声，
暴露了他们的仇敌；
奥古斯塔脚步匆匆，
呼吸急促，脸色惨白如死人，
在下面一跃而起——

但她没注意到道格拉斯，
只看见那深坑——
小小喷泉在青苔泉眼里
喷溅、回旋、翻腾。

"啊，我有罪过要救赎，"她叫唤，
"献出生命，献出精力吧！"
于是她俯伏在泉眼边，
喝那清澈的水。

这一饮竟使她又焕发异彩，
在那美丽无比的明眸；
但当回望高沿地上的小径，
她不禁焦急地摇头。

不见人不见影——山间羊群，
静静在山谷中吃草；
四下沉寂，唯有远处的野鸽声，

回应着自己的鸣叫。

她转过身，却见凶手正目光灼灼；
她的眼中也仿佛突然冒火——
顿时有血从她脸上喷溅而出，
血液甚至流在乌黑的头发——
她不顾一切地将血抹去，
几乎不感到血的喷涌飞洒；
因为她也认出并刺中了他，
此刻他的胸口也是一片血污，
稍稍平息了她复仇的愤怒！

狡诈的朋友！除了你，没人能讲述
那场激烈的拼死格斗；
但夜晚尚未垂下黑幕，
寂静中又可听到小溪淙淙流；
而在它的绿色堤岸，倒在血泊里
奥古斯塔正奄奄一息！

虚伪的爱呵！世人从未见识，
但上帝的眼睛正盯着你，
你的道格拉斯在流血——
你却一边嘲笑他一边转过身，

任他绝望地忍受剧烈疼痛，
你扬长而去，留饥饿的鹰
独自贪婪地望着垂死者！

　　＊　　　＊　　　＊

这可是一场致命的昏厥？
她的灵魂真的已泯灭？
冰凉的尸体躺在月下，
可像又一堆碎石尘沙？

那一夜月亮很圆很圆，
天空亮得就像白天；
你或许会看到血脉搏动，
在她雪白的前额和脸孔；

你或许看到生命可爱的标记
在她明澈的双眼，
她的脸在生死搏斗中呈现差异，
究竟是死而剧痛或生而苦难。

但没有可变的东西，
那脸，显得出奇地美，
表现出苦难过去的确定印象，
抬起的眼睑确实显示：

下面并没有游移的闪光，
只是绝对痛苦，最终自我消失。

他久久凝视并屏住呼吸，
跪倒在血染的石楠上；
他久久凝视她那眼睛
像窥见了死亡！

他的随从没有吱声：
他们的脸色苍白，默默伫立；
这邪恶的叛逆已经说清
它泣血锥心的故事。

但地上还洒着另外的血：
荒野上散落着鲜红血滴；
埃尔德雷德勋爵 [3] 审视发觉，
地上的那些斑斑血迹：

"把他抓回来！"他嘶哑着吼道，
"逆贼受了伤妄想逃跑，
很快即可抓获实施报复，
那时你的一生将充满痛苦。"

他独自留下——仰观星象

默默继续它们的运行，
远远的，在埃尔默孤岩旁，
他听到小溪潺潺的水声。

那催眠似的单音调在咏唱，
破裂的山岩，草木丛生的幽谷，
红松鸡展翅往来飞翔，
但，绝不是人的悲叹恸哭！

天地间万物没有一种，
表现出同情的哀痛——
在她毫无知觉的眼里，
剩下的唯有不尽哀戚，
压在她痛苦的胸部，
表明她虽死却难以瞑目。

他凝视着，陷入沉思，
回想她已逝的一生：
记忆中纷纷而来的幽灵，
无数张脸，无数个名字，
那已在坟墓的无数颗心；
他几乎相信他们会起死回生，
要是他们知道了她的命运，
要是他们看到自己的偶像来临。

一种毁灭绝望的凄凉感，
充斥在空中孤鸿的哀鸣
和山间的凄风苦雨中；
而他——俯视着地上的死者，
坚毅的眼中没有泪滴落。

"疯狂的早晨，"他想，"可疑的中午，
然而这太阳却光辉灿烂，
虽然它像彗星已一去不返；
那太阳本来就不该
燃烧闪耀在天外，
且看黑夜很快将它吞没！
你去了——带着你的骄傲风采，
你曾如此深受敬慕崇拜！
而此刻却像大地一般冰凉，
感觉不到爱、欢乐和世间的悲伤。
我不想哀伤你的过去，
却伤感你的现在；
你的生平如此短暂而饱经风雨，
你的死更使我们唏嘘感慨。
你热情的青年时代差不多已度尽，
辽阔的大海最终似乎已趋平静；
但平稳的波浪却空自涌流，
既然命运之神无意把你拯救。

那些活着哀悼你的人们，

也将白白地为你伤心；

只有贡达尔的仇敌喜在心头，

因为你珍贵的血竟是白流！"

1841. 1—1844. 5

它像我一样异常孤独

它像我一样异常孤独，
常看着阳光当空照耀；
它像我一样呻吟悲哭
整天伤心哀号。

让我们为青山做同样的祈求：
愿山上有风，晴空蔚蓝似海；
我们除此外，别无他求，
唯愿自己的心能自由自在。

啊！要是我能亲手开锁链，
我将多么高兴看它凌空飞去，
永不感到遗憾也永不抱怨，
虽然再见不到它双眼亮如火炬。

但让我想想，假如今朝今夕
它在冰冷的牢笼中衰弱憔悴，
那么明天势必双双扶摇而起，
赢得完全自由而永远不归。

1841. 2. 27

我认为这颗心应当休息

我认为这颗心应当休息，
夜已降临，四周如此寂静；
夕阳蒙着面纱，不露微笑离去，
我的客厅里又毫无音乐笑声。

整天我都孤零零坐着，
看蒙蒙细雨如薄雾垂落，
先将群山掩入一片灰色，
接着沿山谷缓缓走过。

我一直坐着观察那些树，
那些伤心的花——开得多么忧郁：
这些花本应在盛夏酷暑
感受微风摇曳它们轻轻的绿叶。

但它们一生都在悲愁中苦挨，
无可挽回地郁郁凋零，
我十分悲伤，因为我明白，
那凄凉的零落反映了我的命运。

我从不稀罕财富

我从不稀罕财富，
也嘲笑轻蔑爱情；
浮名的贪求犹如一梦，
早随黎明而尽——

我若祈祷，那唯一祷文
能让我启唇开口
只有："别扰乱我这颗心，
请给我自由。"

是的，生命短暂已近终点，
这是我唯一祈求——
无论生死，但愿心灵无拘，
又有勇气承受！

1841.3.1

大地不再触发你的灵感

大地不再触发你的灵感，
你这孤独的梦想家？
既然激情无法将你点燃，
本性也不再驯顺听话？

你的思想一直驰骋奔走
在阴郁隐秘的领域；
请终止它徒劳的漫游——
归来和我住在一起。

我知道我山间的和风，
依然能给你抚慰欣喜——
我的阳光会令你高兴，
尽管你生性倔强乖戾。

当白天渐渐溶入夜晚，
从盛夏的天空悄悄退隐；
我看见你的灵魂依然，
热衷于崇拜、迷信。

我每时每刻注视着你，
我清楚我的强大影响：
我知道我的神奇魅力
可驱逐你的痛苦悲伤。

世上芸芸众生中很少
有人如此强烈地渴望；
然而谁也不会去祈求得到
比你的家园更好的天堂。

那就让我的风将你拥抱爱抚，
让我成为你的挚友和同志——
既然没有旁人为你祝福，
请归来和我住在一起。

1841. 5. 16

是啊，正是它……

是啊，正是它！今夜它催醒
永不消逝的愉快的思想，
感情的火焰闪耀通明，
如同过去岁月中一般明亮！

但从你激情的凝视，
从你已显憔悴的面容
和极少的话语，我便知
狂放的幻想发挥的作用。

是的，我敢发誓，猛烈的风暴
将世界扫得摇晃趔趄，
使你脑中的记忆全消，
像浪潮的浮沤纷纷破灭——

你现在是个精灵，
无处不在飘忽不定——
成为暴风雨喧嚣之根，
也是暴风雨消逝之因——

这影响无边无际，
源于你自由的感化之力；
这强化的人生道义，
却随死亡而终止。

这样，当身体变得冰冷，
你囚禁的灵魂便飞升；
土牢将湮没在泥尘，
而囚犯将去天国安身。

1841.7.6

我看见四周可怜的灰色墓碑

我看见四周可怜的灰色墓碑
延伸出的阴影望不到尾。
我脚步所踩的草皮下面，
死者深深躺着，沉默而孤单；
在草皮底下，在泥土底层——
永远是一片漆黑冰冷，
我双眼禁不住流下热泪，
那是珍藏在流年中的记忆；
光阴、死亡和人世痛苦，
造成的创伤永难痊愈。
让我记住一半的悲愁，
从我的所见所闻所感受；
而天国那么纯净的福地，
必不会给我的灵魂以安息。
光明的乐土！你俊美的孩子
绝不会理解我们的绝望哀思；
他们从未感到，也无从知详
什么房客出没凡人的皮囊，
我们接待什么样的阴郁来客——

那是痛苦、疯狂、眼泪和罪恶！
那么，就让他们沉浸于欢喜，
享受无穷无尽的幸福得意；
至少不会让他们扫兴，
让他们一起来哭泣呻吟。
不——大地但愿别无范围
来品味她的苦难之杯；
她随意往下界扫了一眼，
只悲伤我们都难逃大限！
啊，母亲，什么才能安慰你
人间苦难既是如此无穷无底？
为让我们渴盼的眼欢快一些，
我们见你微笑，笑得多么亲切！
但从你那温柔亲切的笑容，
谁看不出你深沉难言的苦衷？
真的，天国无论多么气派，
也骗不去你对孩子们的爱。
我们在生命临终的回光返照，
将最后的热切渴望与你的融汇一道；
依然挣扎着想透过泪眼，
努力一睹你慈爱的容颜。
我们决不离开家园故土，
迁往任何地方，除非是坟墓。
不——宁可在你体贴的胸间，

安顿下来而永久长眠；
或者醒来只为与你分享
共同的永垂不朽万寿无疆。

1841. 7. 17

杰拉尔丁娜

已是夜晚，她的朋友们相聚
在那座城堡的石墙里；
当百花凋落，白天过去，
他们欢快的心毫无睡意。

但她独自在远远的山洞，
听见河水波浪翻涌，
梦幻一般冲击着堤岸：
似音乐欢快，也似痛苦悲叹。

棕榈和雪松高高耸立，
使夜空更显得黑暗悲凄；
她浓密的黑发遮住前额，
低垂着的脸白如百合。

然而我却听见她在歌咏：
我知道她不会伤心哀号；
那哀伤痛苦的源泉中
从不曾涌出如此迷人的曲调。

她将温情脉脉的声音，
倾注在那荒凉的山洞，
一边向漂亮的女儿弯下身，
将熟睡中的她紧紧相拥——

"为什么我们齐多拉的天空，
夏天的太阳这么快坠落？
我的乖乖，凝视你的眼睛，
我可永远不会疲倦怠惰。

"我想你是从天国而来，
正作短期的逗留徘徊；
而人间如此不相协调
他们还不敢对之微笑。

"我想每时每刻都有怪事，
在他们圈内不断发生；
而通过这种神奇的变异，
他们将成为布伦泽达 1 的人。

"我想——我有什么没想到，甜蜜的爱？
我整颗心都专注于此：
甚至屏住呼吸，向上天敞开胸怀
滔滔进出热情的祷辞：——

"'保佑它，仁慈的上帝'，我喊道，
'维护你世间的圣祠；
为了自己，做它的向导，
让它永远保持真挚！

"'愿罪恶永不玷污它的脸，
苦难永不爬上它的眉额；
以你的仁慈，造物主呵，宣布吧，
让它永得安全不遭任何困厄！'

"为什么我竟怀疑？我们的命运
原都在上帝的控制之下；
看我的小天使灵魂多纯真，
也必然回返天国的家。"

城里的狂欢者都已沉沉入睡，
这位夫人，也睡在林中的床上；
而我，注视她睡去，却哀泣落泪
如同有人为死者哀悼悲伤！

1841. 8. 17

---

1 统治安戈拉王国的家族的姓氏，其王子为朱利斯。

罗西娜 [1]

多少个星期的谵妄昏迷，
多少个星期的发烧痛苦；
终于过去，终于可以休息，
神志也得以恢复。

这是四月里惬意的一天，
渐渐地已是下午；
阳光洒在她的枕边
像六月那么暖和。

这提醒她不知不觉中，
早春已匆匆过去；
"啊！时间不因我而停。"
她不禁轻轻叹息。

"安戈拉的山听到铁蹄践踏，
红色战旗正插在那儿；
埃尔德诺湖水翻着血红浪花，

而我却被困在这儿。

"贡达尔摇摇欲坠的王位，
现在已十分稳固；
朱利斯国王独裁统治
唉，对我也没有义务。"

四周围观的人群里，
突然发出悲愤的喊叫；
罗西娜转过头想要知悉，
为什么爆发那种预兆。

"那么，我的梦不真?"她问，
"过来，侍女们，回答我，
阿尔米多[2]在战斗中已流血牺牲?
或奴隶们将自由人制服压迫?

"我知道这一切：他无法忍受
让我远离他而死去，
他天真疯狂地在此逗留，
于是那天我们失利!

"请抑制那懦弱的啜泣哀伤，
给我长袍，将我的乱发梳理；

为了每时每刻的绝望，
你们将歌唱崇高的胜利！

"他什么时候来，天很快就暗，
夜一降临他便会归来；
啊，我已等得不耐烦，
这鬼地方我想尽早离开！"

一心只想得到休息，
她苍白的脸转向一旁；
但骄傲的野心狂放不羁，
不让她的眼睑合上。

有种沉重的神秘感悬在
一切等待的人们心上；
每根舌头仿佛都被铁链主宰，
每双眼都因悲痛而肿胀。

他们轻轻说着："夫人，睡吧；
尊贵的夫人，现在请休息！
我们难道没有充足的理由哭泣，
当你受到如此冷遇？

"希望无法给面容增色，

为她添上欢快的标记；
当好多个星期过去
它还留有痛苦的痕迹。"

罗西娜的眼光变得阴沉狠戾
她叫道："假善人，别再保密，
埃克锡纳[3]的大军已赢得胜利，
布伦泽达的饰章已被毁弃?"

"唉，既然如此，那就只好直说，
夫人，布伦泽达的饰章已遭毁弃，
布伦泽达的太阳也已坠落，
他的帝国已被推翻更易！

"他就在这宫里死去——
忠诚的臣民四周站满；
在他的卫兵之间，在王宫里，
我们光荣的国王一去不返。

"我亲眼见他倒下，看到鲜血横流，
从他的心口喷涌而出，
在大理石地面上，和凶手
的血污混合着流了一屋。

"而今，在北方荒寂的大山里，

正在建造他的寝陵；

夫人呵，如今你的爱孤苦无依，

成了世间的幽灵！"

1841. 9. 1

1　即奥古斯塔。

2　即朱利斯·布伦泽达，当时已成为贡达尔国王。

3　在贡达尔的安戈拉王国，与布伦泽达家族有世仇的另一大家族。

阿尔弗雷德致杰拉尔德

我不哭，我不想哭；
母亲不需要眼泪；
揩干你的眼，这又何苦，
这么多年无端的伤悲。

倘若她衰老甚或病故，
双眼永远闭上，那又怎样？
倘若墓碑——阴暗的泥土
将我们生死阻隔，那又何妨？

倘若她的手再也不能抚摩
你那丝一般柔软的长发——
她慈爱的脸再不能让你振作，
当你久久痛苦；那又算啥？

请记住她并没有亡故，
杰拉尔德，她正看着我们，
躺在灵魂飞升之处，
在石楠和冰雪之中。

从那充满天国之光的地方，
她不是一直俯着身，
在人生的黑夜指点方向，
并自始至终佑护着我们？

你知道她会无比悲哀，
因为把我们撇在世间；
但或许她会随时归来，
归来分担我们尘世的苦难。

1841. 12. 19

阿米多斯和安杰莉卡 [1]

在这同一地点，大自然披一身
同样的天光闪闪，
我确信见到过这些人
那已是多年以前；

当时他的头发光亮润泽，
而她的秀发乌黑；
如今他的鬈发暗如夜色，
她的却灿若朝晖。

我还梦见了泪水，
那泪痕永不消失；
梦见深创巨痛：顷刻间衰颓
身心的充沛精力。

我梦见这样的晴朗日子，
是在宜人的五月。
我见她主动亲吻不已，
当与他就此永别：

那么清纯明亮的年轻人的眼睛，
含情脉脉地互道再见；
苍白的死神将那俊秀面容
变成了它的嘴脸；

泥土抛撒在死者的胸前，
它原先跳得多么自由；
她柔软的鬈发轻轻落在上面，
十分敏感地晃悠。

然后她扑倒在坟墓上
伏在坟头荒草中：
四周没有贡达尔的波浪
头顶也不是贡达尔的天空。

草地因露滴而闪闪发亮，
更亮的却是泪珠，
我知道那来自死别的哀伤，
多少年也不会消除。

假如他并非为她的悲痛而来，
此刻他不会返回；
他不会从墓中轻易离开，
当她不再伤悲。

天真啊，不可能久久忍受
揪心的极度痛苦——
可爱的孩童的天真，请宽宥，
我如此把你亵渎！

山楂掩蔽着鲜艳的玫瑰，
在它们芬芳的树荫；
乌云笼罩时也不合闭，
暴风骤雨中也不弯身——

万一黑暗将太阳掩蒙，
或晨露转化为雨；
没什么暴风雨后的天空
能引来如此欣喜。

1842.5.17

1　安杰莉卡为阿尔弗雷德的女儿，后参与谋杀奥古斯塔。

写于阿斯平城堡

我多么喜爱在夏日的夜晚，
坐在这扇古老的门内，
这阴沉的门藏起了光线，
使我的头顶更加昏黑！

我多么喜爱细细倾听
阿斯平流水低吟之声；
接连数小时听微风悲叹
穿行在罗克登摇曳的林间。

今夜没有一丝风来掀起，
寂静的湖面上一线涟漪；
今夜的云层低缓又灰暗，
遮得星光月光都看不见。

这儿多么阴郁寂静清幽，
真正是荒僻孤寂到绝顶；
但我仍爱在此逗留，
让自己适应大自然的心境。

山岩下有一条荒僻的小径，
与阿斯平河的弯道并行紧随；
小径被山羊踩得崎岖不平，
它们由此下山来饮河水。

紧倚悬崖古树的弯弯小径，
没一条对我如此可亲；
然而当地的牧人却谁也不曾
在阳光欢快自由的黎明，
独自走上这迷宫一般的曲径；
更不用说忧郁的黄昏，
当花朵闭合鸟儿噤声，
只给想象舒展神奇的本领，
压过了每种熟悉的声音。

他们只围着炉火讲那个故事，
听的人个个发誓曾亲眼看见
苍白的幽灵在那儿徘徊窥伺，
幽灵的眼睛梦幻一般湛蓝。

它总是低着头踽踽而行，
鬈发长垂却不随风飘动；
它的脸很美，美得令人吃惊，

然而，笼罩在它天使般的脸上，
是一种深深绝望的阴影，
任何圣徒都难以想象。

多少次薄暮暝暝时，我独自彷徨，
伫立着看那幽灵悄悄上升，
在缥缈的薄雾中和月笼的山石上
看到它长发闪烁，目光凝重。

长辈们曾私下里讲，
那是阿斯平首任酋长，
其幽灵常出没他的封地；
但为什么，在那异邦的墓，
远隔着三千里烟波，
那儿有他流放的遗骨，
葬在英格兰的国土，
他却不去那儿游历？

我曾见过他的遗像，
挂在客厅的东墙；
每当太阳西下之时，
那遗像闪烁如同天使；
而当月光忧郁而清冷，
从那幽灵似的窗口泻进，

那幅画也就像个鬼魂。

客厅里挂满了珍贵的画像；
美和神秘在这儿相得益彰：
在他右首是一幅金色画框，
一位漂亮的婴儿正往外注视；
她的鬈发明亮如他的一样，
黝黑的大眼闪着蒙眬的光，
前额和脸颊白皙得发亮，
一切如同它高贵的名字。

可爱的女儿！他凝视的目光，
能否落在你娇美的脸上？
他就从来没微笑着看见，
自己仿佛回到了童年？

就从来没有将她金色的鬈发
向后抚摩，并亲吻她的脸颊，
感到世间没有任何福分
比得上父母对爱女的亲吻？

不，现在请转到客厅西面：
那儿站立着西多尼亚的神祇，
是那么光荣，那么骄傲！

她看来真的像位女神：
狂热崇拜者梦中的神；
而他正为了这女神献身：
为了她而使灵魂受尽指摘，
流浪游荡被拒于天堂之外——
而永远无家可归。

那些明眸皓齿已化为尘泥，
整个身躯都在分崩离析；
没有了思想、感觉、脉搏和呼吸，
一切都因死亡而被吞没丧失！

无论多么卑贱的虫，
只要活着，就比她风光，
而她是阿尔弗雷德勋爵多年以前，
如此宠爱崇拜的女王！

啊，来吧！古老的诺曼底之门，
突然间变得银光闪闪；
来吧，让我们抛开这些怀旧之梦，
面对自然神圣的脸。

收获时节的圆月朗朗照着
树林、山地、水乡和沼泽，

闪亮的湖泊和迷蒙的山谷；
当天国带着爱和光微笑，
当大地回望如此明亮闪耀——
在这样的场合，这样的夜晚，
大地的儿女们不该愁眉苦脸。

1842. 8. 20—1843. 2. 6

自问

傍晚不知不觉已经过去，
已将近安寝时刻；
一天消逝触发什么思绪？
你心中感觉如何？

"一天消逝？留下一种感觉
这天的活计未完；
付出巨大代价而收获仅仅这些——
实在是无限伤感！

"时光站在死神的门口，
声色俱厉地叱呵；
而良知，始终精神抖擞，
汹汹地将我数落：

"虽然我认为良知在撒谎，
时光应谴责命运；
软弱的忏悔仍蒙住我的眼光，
使我屈从于它们！"

那么你是乐于追求安息长眠？
乐于脱离苦海深深，
将你一切苦难
抛给宁静的永恒？

看到你死去谁也不会悲伤——
也无人为你哀泣；
你的心受尽苦难的地方，
你愿去那儿定居？

"哎呀！无数的联系那么有力，
将我们和泥土紧缚；
爱的亡灵久久不去，
不愿就此瞑目——

"长眠多么愉快，荣誉和声名
闪耀于士兵的头盔，
但蒙上羞辱的勇敢的心，
却宁愿血战不归。"

咳，你已经奋战了多少春秋，
一辈子身经百战，
使恐惧受挫，奸诈低头，
还剩下什么可干？

"确实如此，这双手已使尽全力，
干成众人不敢之事；
完成了多少赋予的使命业绩，
从不知忍辱蒙耻！"

请看你行将长卧的坟墓，
你最后的强劲对手，
倘若安眠真是种痛苦，
抑制悲泣将是多么难受。

漫长的战斗最终失败——
失败却来得平静——
但你的黄昏仍美妙愉快，
你的夜灿若黎明。

1842. 10. 23—1843. 2. 6

泽罗那 [1] 的陷落

天空蔚蓝、明亮而澄净，
黎明正大步如飞；
泽罗那林立的白色尖顶
沐浴着金色的晨晖。

这一天也许是喜庆的日子，
人挤满大街小巷；
到处欢快地飘扬绿旗 [2] ，
在塔楼、堡垒和墙上。

听哪！喧闹声沸沸扬扬，
始终在空中回响；
大炮轰鸣，钟声激荡，
喇叭声高亢嘹亮——

钟声激荡，钟声响彻，
空气都摇晃眩晕，
火炮不停地轰击发射，
回声应答着由远而近。

那些舌巧如簧之徒在叫嚷什么，
将举行什么欢庆？
有什么贡献给国家的荣誉增色？
有什么大获全胜？

去，问那位孤独的老人，
他正躺自己屋里，
静静的壁炉里没一点火星，
儿女们都已离去。

去，问街上那些孩子们，
他们正依傍自家门前，
等着听徘徊的脚步临近，
从此将再难听见。

问那些大门四周疲惫的士兵，
一个个满脸菜色：
他们说，"泽罗那在欢庆
她灭亡的时刻。"

看那匹伏枥的战马，
已经休息好多天；
然而，马刺尚未戳到它
看哪，它竟已吓瘫！

像狼一样嚎叫的饿狗，
撕咬未埋的尸体，
憔悴的主人看着叹息摇头，
很少加以叱止。

现在，请看泽罗那城里——
英勇的战斗展开；
我们的炮火下一排排敌兵倒毙，
又一排排冲上来。

敌军向我方街垒猛攻猛扑，
好多星期仍攻不破；
而敌我兵力如此悬殊，
敌方百倍于我！

勇气、正义和纯洁无瑕的真理，
齐反对背叛行径；
我们献出了一切——生命、青春，
年轻勇敢的士兵——

但一切失利——所坚信的救援解围
所做的热烈祈祷；
勇敢、信仰和深蓄的泪，
未及为死者哀悼；

口里绝没有低声求饶，
心中从未抱怨叫屈；
虽然复仇紧握沾血的刀：
烈士们已白白流血。

唉，爬满常春藤的小屋
已为狂风摧毁！
唉，百合花萎谢干枯，
花园已凋敝荒废！

在塔上翻卷，在高处飘扬
一面俗艳的红旗[3]：
那可是落日的红光
玷污了我们的绿旗？

上帝呵请在这严酷时刻帮助我们！
此时信仰或许会动摇——
我们一旦怀疑上帝是否庇佑我们，
诅咒便会取代祈祷。

他甚至不会让我们死去——
不让我们死于家中；
仇敌眼看我们的士兵撤离，
因他们害怕坟冢；

290

我们不敢滞留而白白陷落
那企盼的荣光的坟墓——
我们不敢在锁链前退缩
而让子孙们沦落为奴！

但这种可怕苦难的情景
已快到结束之时，
如同上帝曾抛弃我们，
他也会抛弃我们的仇敌！

1843. 2. 24

1　加尔达恩岛上泽罗那王国的首府。
2　杰拉尔德·埃克锡纳家族的旗帜。
3　朱利斯·布伦泽达家族的旗帜。

她闪耀得多么清丽明亮

她闪耀得多么清丽明亮！
我静静躺在她守护的光下；
天空和大地悄悄对我讲，
"今夜做个好梦，天亮再醒吧。"

是啊，幻想，来吧，我的情郎！
请在我的云鬓轻轻一吻；
请俯临我孤独的小床，
带给我休憩，带给我欢欣。

世界在消逝——黑暗的世界，再见！
冷酷的世界，快躲起来等明天；
你无法彻底征服的这颗心，
仍要反抗，假如你拖延！

你的爱我决不会，不会接受，
你的恨我只付之一笑，
你的痛苦冤屈令人伤心难受，
但你的谎言却再也欺骗不了！

当仰望头顶的繁星

在平静的海面闪耀，

我多么希望一切不幸，

上帝知道，都被你化消！

这将是我今夜的梦——

我会觉得这星光灿烂的天空，

会循着它光的轨迹运行，

在无穷流年里有无尽欢欣；

我会觉得天上另有红尘，

在我们目力难及的天涯；

那儿智慧会嘲笑爱情，

美德却拜倒臭名脚下；

那儿遍体鳞伤者扭动不停，

在命运打击下强装笑脸；

为让他的坚忍不逊于她的仇恨，

他的心一直在默默反叛；

那儿，享乐仍滋生着罪恶，

无助的理智徒劳地提醒；

奸诈强大而真理衰弱，

欢愉是通往痛苦的捷径；

而和平，却是痛苦的催眠符，
希望，是灵魂的幻影；
生命，是空虚短暂的劳役，
死亡，则是统治一切的暴君！

1843.4.13

致阿尔弗雷德 [1]

在美妙的七月的日中，
哪儿太阳最为光明？
从阴冷的十二月的天空，
哪儿雪花飘落最轻？

困乏不堪的人寻求安憩，
哪儿可高枕无忧？
墓穴中也能见着上帝，
感受他的慈祥宽厚？

地面上阳光灿烂，
春草长得碧绿美丽；
但地下却是沉沉夜半，
永远的漆黑死寂。

那何必哀悼我们的爱者
将葬身土墓的厄运避免？
犹如地上开放的花朵，
能够驱除地下的黑暗？

从黎明熹微的晨光，
到晚上浓重的夜幕，
你不会停止你的哀伤，
想知道她的葬处。

但假如在她的坟头哀哭，
竟是无价的恩泽，
那就将你的泪洒在大海之波，
它们很快会到她的墓侧。

但当你急切地想望，
又哀痛得忽忽若狂——
想一想她头顶的天在闪亮，
就像亮在你头顶一样。

用你的心灵往深处观看，
瞧瞧她如何在底下安息；
告诉我为何这么福荫的长眠，
竟会引起如此深沉的哀戚？

1843. 5. 1

1　　在尼科尔斯的抄本上，这首诗加上了《大海中的墓》的标题。

格伦尼登致玛丽 [1]

你的保护人已经安眠，
所以我来邀你做伴，
你应兑现神圣的誓言，
在那初月沉落之前。

虽然大片飘飞的云层，
几乎将她的光芒遮蔽，
她的清辉足够指引我们，
跨过奔腾不息的山溪。

啊，醒来，醒醒，亲爱的，
这么拖延意味着什么？
哟，莫非你为了名誉之故，
不敢将无谓的恐惧驱逐？

别去想今日的欢欣
会引起将来的痛苦：
再长的苦恼也只是一瞬，
它的记忆很快可以消除。

无论是地狱还是天国，
虽然最终它们会同谋，
都不能夺回我们的极乐，
不能抢走我们所已拥有。

那就醒来吧，玛丽，醒醒：
现在你怎可徘徊不前？
为了真正的爱，为了格伦尼登，
快起来兑现你的誓言。

1843. 5. 4

1　　在艾米莉手稿标题下，夏洛蒂曾写下《月下情歌》的标题。

已是夜间，在那高山

已是夜间，在那高山，
积雪足有十来尺深；
溪流、瀑布和山泉
隐没消融在黑暗之中。

很久前有位绝望的牧民，
在那儿丧失了他的羊群，
那可是整个愉快的夏天，
他精心照料又疼爱的一群！

如今不再是愉快的牧人，
走这条昔日熟悉的小径；
他伫立在那里，困惑而陌生，
面对无边的荒野暗自伤神。

要是我心中有过错误荒谬

要是我心中有过错误荒谬，
我的路就不会荆棘丛生；
我的泪就不会如泉涌流，
这灵魂也不会坐卧不宁。

是的，无论你躺在什么地方

是的，无论你躺在什么地方，
那儿一定十分神圣，
最芬芳的风吹在你的脸上
你的脸无比娇嫩。

呵护你的天使们怎不会
捎给你梦的亲切，爱的缠绵，
尽管我再不能弯身守卫
你盼望已久的安眠？

上帝岂不会亲自馈赠
你那儿一片灿烂阳光，
使夏日芳草更为青嫩，
夏日花卉更鲜艳芬芳？

再见吧，再见，这真是难舍难分
然而，亲爱的，我们不得不分离：
我不愿再伤另一颗心，
即使先保佑祝福你。

走吧！我们必须打破感情之链，
忘却多年所怀的希望：
不，别悲伤——请抑制伤感，
免得更多的泪儿流淌。

这报信的微风曾与你我，
漫游在黎明时候。
你应当和风相伴结伙，
黄昏前再去远方遨游。

告诫和回答 ¹

你将被葬在地下，地下，
上面立灰色墓碑一块；
黑色的泥土铺在你身下
身上仍用黑土掩盖。

"好吧，那就在那儿安寝，
你的预言来得这么快；
我的金发很快将和草根
紧紧缠结在一块。"

但那安息之处很冷很冷，
欢乐和自由都被拒之门外，
所有爱你花容月貌的人
都因那黑暗而退缩徘徊。

"不至于如此：这世界多冷漠，
盟友也会把我背弃；
而在那儿，他们依然拥有我，
并珍惜有关我的记忆。"

那就再见吧，一切的爱，
一切深深的同情怜惜：
安息吧；天国在上笑颜开，
大地再不会惦记你。

阴郁的草地和墓碑
隔绝了人间的伙伴；
只有一颗心哀恸欲碎——
那颗心才配与你共悲欢！

1843.9.6

1　本诗标题为夏洛蒂所加。

罗德里克·莱斯利

战斗已经结束——请躺下休息，
你的战友们已回营地；
不用再如此急切地凝视
那远远闪耀的火炬。

别去听晚风传来的喧嚷，
那些音乐和战士们的欢呼；
你没法去——无数的伤
耗尽你的活力，将你羁阻。

要是你的手有力气举起剑，
清晨以来早已砍倒上百敌人；
要是你还有力量呼喊
喊声一定激励了同伴冲锋陷阵！

要是你脉管里有热血，
此刻正汩汩往外奔涌，
使大片泥土都染上血色，
周围的白色石楠也变得猩红；

那么，罗德里克，你或许可归去
带着急切的眼色和渴盼的心，
回到信号灯闪亮之处，
回到你的军团的兵营。

但，那不可能！请你抬起头看，
黄昏微弱的余光正在消失；
你的生命如那最后的暗淡，
罗德里克，你再也不能站起！

1843.12.18

希望

希望只是位羞怯的友伴，
坐在我的囚室门外，
她观察我命运的发展，
完全一副自私者的神态。

她因胆怯而变得冷酷；
一个阴郁的日子，我透过铁栏，
想仔细看一看她的面目，
她竟立即背转了脸！

像个假看守，假装在监视，
敌对中又轻轻大谈和平；
当我哀泣时她歌唱不止，
我若静听她又默然无声。

她不仅虚假，而且无情无义；
当我最后的欢乐满地飘零，
就连"悲哀"也遗恨不已，
见此悲惨的遗物散失殆尽。

而希望——她的细语本可给
一切遭受剧痛者抹膏止痛——
却伸展双翼向天国高飞；
扬长而去—— 一去不见影踪！

1843. 12. 18

那是在昨日的破晓时分 [1]

那是在昨日的破晓时分，
我看着大雪纷纷；
从未有冬晨如此郁闷，
白茫茫无边雪景。

我无法望见四面的山峰，
但知道随着朔风呼啸，
在那些深深的峡谷中，
积雪正在不断堆高。

我随即想起尤拉的闺房，
在浩浩南海那一边；
在她鲜花盛开的热带牧场，
河水自由地流转。

我想起在她的小岛乐园，
和亲爱的年轻欢快的伙伴
一起度过的幸福日子；
如今却星散又相距遥远，

但时刻也不曾忘记！

呼吸过那儿天国一般的空气，
谁还愿回到这北方，
来这贡达尔的浓雾和沉闷的沼泽地
承受阴郁的雨雪风霜？

春天召来了云雀和飞燕，
冬天将什么召回？
它迷蒙的中午和昏黑的傍晚，
岂能和春的礼物媲美？

不！请瞭望那阴沉的海面上，
假如你心灵的目光能看见，
那儿有勇敢的船队正返航，
他们离开南方宁静的海港，
驶向贡达尔风暴不息的海面。

啊，航海者的心如何激烈跳荡，
当感受到刺骨的寒风扑面！
尤拉的花园里鲜花芬芳，
哪一朵比得上这雪花一片？

几乎撕裂他们风帆的狂风，

如老朋友一般受到欢迎；
那异乎寻常的飓风吹他们回程，
让他们早日结束航行回归家中。

回来了，他们时时悲叹的灵魂，
曾为远离了家乡而痛惜嗟伤；
如今一踏上故土便感受弥深
甚至冬天的天空，也是这般明亮。

1843. 12. 19

1　本诗原题为 *M. G. for the U. S.* ，无法索解；在尼科尔斯的抄本上有标
　　题《北方和南方》，现以首行为题。

城堡的林中 [1]

一天过去了，冬天的太阳
坠落在阴沉沉的西天；
这一路的行程多么凄凉，
渐渐死去的心是多么黯淡。

没有星星来照亮我的夜空；
也没有希望之晨为我生辉；
我不为苍天毁我视力而悲痛，
也从不盼望有天赐的机会。

历经人生艰苦我从不追寻
上天的帮助，上天的安慰；
我不用面具直视命运，
正视它而从不流一滴眼泪。

紧压在这胸膛的悲凄，
比起泥土来更为沉重；
谁还会惧怕永久的安息，
当人生辛劳的报偿竟是剧痛？

从生来享福者的眼光来看，
黑暗降下了这绝望的恐惧；
然而我从小即与忧患为伴，
我是苦恼忧伤的养子。

不必为我叹息，不必同情忧虑，
不必诅咒我的灵魂下地狱；
这颗心还在襁褓中便已死去，
躯体死去也没人哀悼怜恤。

1844. 2. 2

1　本诗标题前原有阿尔弗雷德的名字缩写。

我的安慰者

你说得多动听——却没宣讲
任何新奇的感受；
你只唤起一种潜在的思想，
一缕遮没在云层后的阳光，
让微光往外透漏。

深深地——隐藏在我心中，
那光芒不为人知，
却不熄地闪耀——虽然云遮雾笼，
它柔和的光却不受操纵——
在阴沉的小屋里。

久久地在这阴暗的路上奔走，
我就不感到苦恼？
四周，卑鄙者用各自疯狂的舌头，
发出谄媚的胁笑或诅咒，
为无望的日子号叫——

苦难和悲痛犹如弟兄，
微笑也惨淡得如悲叹；
它们每日的痴狂令我发疯，
又将极乐变成了剧痛，
一切发生在我的眼前。

我站在天堂的灿烂阳光里
和地狱的注视中，
我的灵魂吮吸混合的和声，
六翼天使的歌和恶魔的呻吟——
我的灵魂负载着什么，唯有灵魂
在内心才能说清。

像大海上空一阵轻风，
被大风暴所颠簸——
一阵暖风悄悄地消融
冬日草地上的雪封冰冻；
不——哪会有美妙的东西与你等同，
我体贴入微的安慰者？

只要稍长的一次交谈，
满心怨恨便得宽解，
粗野的心变得温顺和善，
不必追寻别的标志表现，

且让眼泪滞留在我的脸，
以表示我的感谢。

1844. 2. 10

奥古斯塔致阿尔弗雷德

这夏日的风，曾伴你我
漫游在黎明时刻；
但你必须随风飘泊，
在黄昏前——与我遥遥相隔。

你心头的再见的回声，
不该那么快消散，
高山连绵河水奔腾，
横在我们之间。

我知道自己委屈了你——
辜负了你和上帝的期望；
我会一辈子忏悔，
或许仍得不到原谅。

为弥补不忠的行为，
悔恨的泪空自流淌；
一想起那讨厌的字——再会，
就抑制不住哀伤。

你会有安宁的未来，
因你的心灵纯洁；
我却心儿沉得难负载，
只因原先的罪孽。

直到超脱一切疯狂的斗争，
将破坏当作欢畅，
你死去的信仰得到新生，
我的悔恨才会消亡。

1844. 3. 2

白日梦

一个晴朗的夏日，我独自
躺在向阳山坡上；
这正是五月完婚的日子，
和她的六月情郎。

但这位女王般的妩媚新娘，
还不愿离开母亲；
那慈父笑着把女儿赞赏，
他一向宠爱千金。

树林繁茂的枝叶阵阵波动，
鸟儿唱起欢快的歌；
在所有的婚礼来宾中，
唯有我闷闷不乐。

没有一个人不想避开，
我郁郁寡欢的神色；
正在旁观的灰色岩块
问道："你来干什么？"

我竟一时无言以对，
其实我也不明白
为什么我的目光如此阴晦，
面对这满天霞彩。

于是，躺在石楠丛生的山坡，
我招来我的心灵；
我们一起郁郁地沉没
在一场白日梦境：

我们想："当冬天再次降临，
这些东西有何影踪？
一切都消失，像空虚的幻影，
纯粹是一场戏弄！

"现在唱得这么欢快的鸟群，
当穿过寒冻干燥的沙漠，
将如暮春可怜的阴魂
忍饥挨饿成群飞过。

"为什么我们该欢欢喜喜？
树叶还没有青绿，
它的叶片上就已显示
行将坠落的标志。"

是否它真的会这样，
我一直不能肯定；
但，为迎合乖戾的哀伤，
我在荒野伸直身。

成千上万片火焰熊熊，
将空中照得透明；
成千上万把银色竖琴，
回响在远远近近：

我想自己的呼吸气息，
也充满神圣火星，
我石楠的眠床整个是
神圣的天光织成。

当广阔的大地回响应和
它们奇异的吟唱，
那些闪亮的小精灵对我唱歌，
歌词似乎是这样：

"啊，凡人凡人，快快送终；
由时间和眼泪摧折，
那样我们可飞满天空，
处处便洋溢欢乐。

"让悲痛分散苦难者的注意，
黑夜将他的路遮掩；
它们催他快快去安息，
绵绵无期的长眠。

"对于你这世界像块墓地，
赤裸的沙碛一片；
对于我们它是繁花满枝，
越来越明亮鲜艳。

"倘若我们能撩开头巾，
朝你的眼飞快一瞥，
你就会为那些活的人高兴，
因他们都将安息。"

音乐停止了——中午的白日梦，
像夜梦一样消失。
但幻想有时依然相信
她的美梦皆为真实。

1844. 3. 5

埃尔德雷德致奥古斯塔

过去你曾热爱过的人们，
现在几乎没一个为你哀痛！
为什么今夜我竟备感伤心，
为这样的感情所动？

经常地，当我独自一人时，
当我的思想无人知晓，
便会从你奇异的身世，
回想起你的话，你的声调。

有时我似乎见你起床，
又是个天真烂漫的孩子——
你眼中种种美德闪烁光芒，
那会让男人们博得美誉——

你慷慨的心胸里怀有
勇气、真理、欢乐和爱情；
对你的回忆会保佑
并使得哀悼者轻松。

啊，你早升的帆完全舒展，
第一阵猛烈的大风，
那么清纯又自由新鲜，
便将你人生的波澜掀动！

为什么领航员那么自信，
梦想着大海的波浪，
随随便便的快乐的指引，
便能带他的船返航？

他知道凶险在皱眉恼怒，
迷雾使一切更加阴暗；
礁石和浅滩四下暗伏，
横在他和港口之间。

太阳特别的炫目明亮，
鼓动帆船的风也格外猛烈，
大海又是那么滔滔茫茫，
都曾经对他有所告诫。

我焦急地从岸上遥望，
只见层层白浪涌流，
我为你的命运悲泣哀伤，
因自己无法相救。

一切均已过去，伤感早已无用；
我的心却依然痛惜，
依然哀伤，虽然你的朋友情人
都已经忘记了你！

1844. 3. 11

来散步吧，和我一起

来散步吧，和我一起，
现在只有你
保佑我的心灵；
我们常常喜欢在冬夜，
去雪地上漫步徐行。
如今就不能重温那欢乐？
乌黑的云层急剧奔涌，
它们在高山上留下阴影；
这情景与多年前一样，
最后停留在地平线上，
赫然聚成一团，
而闪烁的月光那么快地飞翔，
很难说那是一种笑颜。

来吧，和我一起散步——来一起散步；
过去我们人那么多；
可死神夺去了我们的伙伴，
就像阳光偷去露珠：
它带走了一位又一位，

我们是仅剩的两个；
我的感情和你如此紧紧交缠，
因为除此之外还能往哪儿寄托。

"不，别叫我，这不可能；
人间的爱哪有这般真？
友谊之花枯萎数年，
还能重吐芳芬？
不，虽然泥土为眼泪润湿，
虽然先前花开得多美多红；
生命的浆液一旦枯竭，
就再也不能流动；
比起那可怕的寓所，
死者狭窄的墓穴更为真确，
时间早将人们的心隔绝。"

歌（红雀在岩石谷中翻飞）

红雀在岩石谷中翻飞，
云雀在荒野上空高翔，
蜜蜂流连石楠花间不归，
花把我美丽的爱人隐藏。

野鹿在她胸口上吃草，
野鸟在那儿筑巢做窝，
他们啊——她曾投以爱的微笑，
却一任她孤苦寂寞！

我想，当暗墙四合的孤坟
刚刚把她埋葬，
他们曾以为他们的心
将永远失去幸福之光。

他们以为悲哀的潮水，
将流遍未来的年代，
但如今哪儿有他们的泪？
他们的悲痛又何在？

罢了，让他们争夺声名之风，
或去追逐欢乐之影——
死亡之国的栖居者啊，
已不同往日，无动于心。

即便他们永远望着她，
并且哭到泪泉枯干；
她也静静睡着不会回答，
哪怕报以一声长叹。

吹吧，西风，吹这寂寞的坟，
夏天的溪水呵，水声叮咚，
这儿不需要别的声音，
来安慰我爱人的梦。

1844.5.1

致想象

当厌倦了终日的烦恼惆怅，
和尘世无穷无尽的痛苦，
当茫然若失，并感到绝望，
你亲切的声音又将我招呼；
啊，我真正的朋友，我并不孤单，
当你用这样的声音和我交谈！

没有你这世界便毫无希望，
有你在我就会倍加珍惜它，
你的世界里从来不会滋长
仇恨、怀疑、冷漠和狡诈；
在那儿自由和我，再加上你，
维持着无可争辩的绝对统治。

那又算得什么，假若四周
布满了危险、罪恶和黑暗？
只要我们的胸口和心头
保留一片晴朗明净的天，
有成千上万缕阳光来温暖，

而不必虑及隆冬的严寒。

理智确实会抱怨频频
大自然可怜暗淡的现实，
还常常告诫苦难的心，
它怀抱的梦多不切实际；
真实会粗野地践踏
刚刚吹落的幻想之花。

但你始终存在并时常带来
那守候在旁的极妙幻景，
为枯萎的春喷上新的光彩，
从死神手中夺回可爱的生命，
以虔敬的声音轻轻说起
和你一样光明真实的天地。

我不敢相信你的极乐的幻景，
然而在黄昏的安静时刻，
我仍怀着永存的感激心情，
欢迎你，烦恼人生的抚慰者，
你慈祥宽厚又有非凡力量，
希望俱失时你成为更美妙的希望。

1844. 9. 3

来吧，风也许永远不可能 [1]

来吧，风也许永远不可能
像现在这么吹；
星星也可能永远不能像现在这么闪烁；
早在十月来到之前，
血海就会把我们分开；
你必须粉碎心头的爱，我也须碎了我的！

我们的亲人们将面对面站着，
我们也将这样；
忘却这可爱的大地曾孕育和滋养我们——
一方必须为人民的权力而战，
另一方却为王族的权力；
每方都准备为打倒对方而随时牺牲。

我们无法避免战争的可能，
也不愿从父辈的事业中退缩，
更不会害怕死亡，仅因残杀竟是情人所为；
我们须忍耐，看野心统治爱情，
以它钢浇铁铸的法律，

必须为一个陌生人洒尽热血而又不掉一颗泪!

因此，风也许永远不可能
像现在这么吹，
星星也可能永远不能像现在这么闪烁；
下一个十月敌阵中发出的
大炮的轰鸣也许会促使我们——
我为夺取你的生命而拼杀，你为索取我的。

1844. 10. 2

1　原诗题两名字缩写无法索解，此处暂以首行为题。

为我辩护

啊，你明亮的眼睛现在必须答复，
当理智，以满脸的轻蔑刻毒，
嘲弄我被人推翻被人凌辱；
啊，你的舌锋须为我辩护，
说说为什么我竟选中了你！

严峻的理智也来参与审判，
她上下衣着一片灰暗，
我的辩护人你会不会默默无言？
不，神采奕奕的天使啊，请慷慨辩解，
我为什么抛却了这整个世界；

为什么我始终避开那条
众人常走的大道；
而在一条歧路上奔走操劳，
全然不顾保持财富和权力——
博取荣誉的桂冠和幸福的花枝。

这些一度看来极妙的东西，

或许它们听到过我的誓词，
看见我有供品在它们的圣祠——
但，随意送的礼往往被冷落，
我的供奉便自然遭到鄙薄。

因此我真心诚意地发誓，
不再去敬奉它们的圣祠，
我只始终不渝一心一意
崇拜你，你这可爱的精灵——
我的奴隶，我的友伴，我的明君！

我的奴隶，因我依然统治着你；
使你服从我变化多端的意志，
使你或善良或充满恶意——
我的友伴，因为无论黑夜白天，
我们都一起欢乐亲密无间——

我心爱的冤家令我火灼干枯，
从我眼泪中榨出点滴祝福，
使我对真正的苦痛感觉麻木；
但你又是君主，虽然谨慎而有远见，
却唆使你的臣民犯上作乱。

既然我自己的灵魂能够祷祝，

在信仰坚信，希望有望之处，
我如此去崇拜敬慕是不是有误？
说吧，梦幻之神，请为我辩护，
说说为什么我竟选中了你！

1844. 10. 14

信仰和失望

"冬日的风正猛烈地吹；
到我跟前来，我的宝贝！
抛开你的书和无伴的游玩，
夜色正逐渐灰暗，让我们谈谈，
以打发消磨这忧郁的时间——

"依阿妮，围绕我们住房的四角，
十一月的狂风在呼啸；
但一丝风都别想漏进，
来拂动我女儿的柔发一根；

"我高兴地看到她眼中，
顽皮的目光灼灼闪动；
感觉到她的脸颊那般温柔，
幸福地静静靠在我的胸口；

"然而，甚至这样的安宁平静，
也使我的思想痛苦而焦虑不定；
看红色火焰在炉中欢快闪动，

我想到深深峡谷正大雪封冻；

"我梦见荒野和云雾缭绕的山岭，
那儿夜晚总是昏黑寒冷，
在那些天寒地冻的大山里
孤寂地躺着我们热爱的人，
我的心便会说不出的疼痛，
因徒然的渴望交瘁身心，
而我仍将永远见不到他们！"

"父亲，在我幼小的童年，
你还远在大海那一边，
这样的想法如暴君将我肆虐——
我常常呆坐几个小时不歇，
挨过风狂雨骤的漫漫长夜，
在枕上抬起头，遥望
暗淡的月在空中挣扎摇晃；
或者竖起耳朵，倾听
波浪与岩石撞击的声音。
我便这样忐忑不安地值班，
彻夜地倾听，而从不睡眠；
但这个世界的生活更其可怕，
父亲呵，这甚至比死神更令人恐惧。

"啊,我们不该因此而绝望泄气;
坟墓阴森森,但他们不在那里:
他们的骨灰和泥土混杂一起;
但他们幸福的灵魂已去见上帝!
你告诉我这些,然而你却叹息,
喃喃地诉说你的朋友都将死去。
啊,亲爱的父亲,能否告诉我为什么?

"因为,假如你先前的话并不虚妄,
这样的悲伤岂不毫无意义!
好像明智地伤悼树上
悄然渐渐成熟的种子,

"因为它掉进了肥沃的土壤,
并且苗壮地抽出了新苗——
深深地扎下根,并高高地向上
伸展它碧绿的枝叶在蓝天云霄!

"但我不怕——我不会为那些
躺下长眠的人悲泣呜咽:
我知道有一片神圣的海岸,
为我和我的灵魂敞开它的海港,
眼看着时光之潮冲激翻卷,
我对那神圣的岸便充满渴望;

"我们在那儿出生——当我们死去，
将在那儿遇见我们的亲戚，
不再受苦，不再枯衰腐败
又一切回复到上帝之怀。"

"亲爱的孩子，你说得很好！
你比父亲更聪明：
即将来临的强大风暴，
将会实现你的憧憬——
你的热切希望，通过风和浪花，
凭借强劲风力和大海狂澜，
会最终到达永恒的家——
那坚定的永恒的岸！"

1844. 11. 6

写于南方监狱的牢墙上

"听着！当你的头发
像我的一样花白；
你的眼睛黯淡昏花，
看生命的水泡流得飞快；

"当你，年轻人，像我一样，
承受着六十三岁的沉重分量，
就得为荒唐虚度的青春，
做忍辱负重的修行；
现在你听不进的话语，
就得深入仔细地考虑；
考虑了并且最后赞同，
它们也将失去效用！

"职责的报偿多么光荣华丽，
虽然她既严肃而又有力；
美的诱惑却是十分奸诈，
带刺的蓓蕾和有毒的花！

"欢笑仅是疯狂的消磨，
虚掷了黄金般的华年；
爱是虚幻的恶魔，诱惑
无知者入罪恶的深渊。

"那些贪图尘世享乐的人，
天国的知识不会引导他们；
智慧的珍藏不向他们展示，
美德诅咒他们多不吉利！

"他们的心或许感到后悔，
徒然向未来寻求帮助，
遭鄙视的智慧却不发慈悲，
美德不接受眼泪的贿赂。

"我们很乐意改造你，
唤醒恐惧感和神圣的羞耻。
为这个目的，我们议会
合理而仁慈地判你入狱，
那黑暗的去处或许会闪现，
灯塔之光引导你免遭更深灾难。"

我的法官说完——抓起他的灯离去，
将我撇在潮湿的地下监狱；

这空气污浊的墓穴似的地方
时时启示和滋生着绝望!

罗西娜,我的暴君,我的女王,
要不是为了你,事情绝不会这样!
要不是为了你,我此刻就会航行在
波涛汹涌的大海,
风的狂啸激动我的心胸,
而我欢乐的心会跳得更疯!

它会飞翔在迅疾的风前,
问候那些奇妙的南方岛屿,
它们正等着我自由的陪伴,
但,谢谢你们的热情——我却无法前去!

你清楚地知道——我也清楚——
你高贵的冷艳的威力;
然而倘我看清那猎鹰般的眼珠——
倘我深深潜入它们的神秘——
长期考察那些眼色和神态,
便可看出它们透露的绝不是爱。

它们熠亮像闪电放光明,
却不像我的目光这般诚挚多情;

温柔的星星变得苍白无光，
面对贪欲灼人的太阳。
现在我这样认为——而时间将仲裁，
我是否辜负了罗西娜的爱。

1844.11.11

道格拉斯致格伦尼登

一轮圆月高挂在夜空，
星星寥落而清亮；
窗外树叶上夜露凝冻，
每扇窗都映出反光。

可爱的月光透过你的窗，
照得屋内亮如白天；
你正沉浸在幸福的梦乡，
享受一时的平和安逸；

而我，竭尽全力仍难消除
心头的痛苦哀戚，
在静静的寓所四周漫步，
根本不想去休息。

阴暗的大厅里那只旧钟，
嘀嗒了好多钟头
每次它报时的当当钟声，
都显得缓缓悠悠。

啊，那两眼幽怨的星星正慢慢
走过清寒的灰色夜空！
消磨此夜，那还多么遥远，
到明日晨曦闪动！

我靠近你的闺房门，
我的爱，你睡意仍浓？
我的手紧按着冰冷的心，
它几乎已停止跳动。

萧瑟的东风阵阵叹息呜咽，
淹没了塔楼的钟声；
那悲切的余响，一如我的告别，
难以听清，渐渐消散不闻。

到明日侮蔑将贬损我的名字，
仇恨也将我踩躏——
让我蒙上懦夫的羞耻：
叛逆又做伪证！

假朋友将投来恶毒的嘲笑，
至交也盼我死去；
我将令你悲痛欲绝，倾落
平生最苦的泪雨。

同胞中那些亡命之徒的劣迹，
看起来像成了德行；
人们会原谅他们的过失，
一比较我的行径；

谁会原谅所指控的罪恶——
卑劣的背信弃义？
但反叛在恰当的时刻，
或会成自由的战士；

复仇会玷污正义的剑，
或许那仅是杀戮；
但，叛徒——叛徒——那个词，
正直的人都不屑一顾！

啊，我宁愿将心交给死亡，
也要维护我的名声：
然而我不会放弃心中的信仰，
去保全荣誉的虚名。

甚至不惜放弃你宝贵的爱情，
亲爱的，我不能骗你；
未来将证明我并非对你不忠：
格伦尼登，请相信我！

我知道自己应走什么路；
我毫无畏惧地走去，
也不想了解严峻的责任义务
为我准备多深的痛苦。

追击我的仇敌，和冷漠的同盟，
没有一人信任我：
就让我在他们眼里无情无义吧，
假如我能对自己忠诚。

1844. 11. 21

1826年9月奥古斯塔写于北方监狱土牢墙上

"啊，白天！他不能死，
当你这么美丽明亮；
啊，太阳！当晴空灿烂如此，
你正安详地下降，

"他现在怎能撒手离去？
当清新的西风正轻轻吹拂，
在他青春的眉宇，
你欢快的阳光正朗朗照着！

"埃尔比，醒来，醒来！
阿尔登湖面上温暖而光明，
那是黄昏的金色光彩，
在催你从梦中快快苏醒！

"我正跪在你的旁边，
最亲爱的朋友，我祈求
你能飞越无垠的海面，
只不过耽搁一个钟头！

"我听到海上波浪滔滔，
我看见海浪拍击长天，
极目远眺却仍难望到
哪怕是一线的陆地海岸。

"别相信他们怂恿的主张，
说什么海那边自有伊甸园；
快返航，离开那狂风巨浪，
回到你自己的故乡家园！

"那不是死神，而是创痛
在你的胸中阵阵发难，
打起精神，埃尔比，重振雄风，
我决不能让你就此长眠！

"久久看一眼，我便深受责备，
因不能忍受那种悲痛——
默默看一眼，我便伤心落泪，
悔恨自己的祈祷无用；

"我竭力忍耐，那突发的
心神烦乱终于过去；
在那可怕的一天，幸好没更多的
悲痛搅乱我的心绪。

"终于，夕阳惨淡渐渐坠落，
轻柔的晚风也无息无声；
夏夜的露徐徐降落，湿润了
山谷、沼泽和静静的树林。

"他的眼睛开始打盹，
重重压着的是奄奄睡意；
他的目光变得出奇的阴沉，
阴郁黯然得像要哭泣；

"但他没有哭，眼睛也没有变，
没有睁开，也没有合闭；
仍忧虑不安，仍毫不扑闪，
仍毫无转动，却也不是休息！

"于是我知道他已奄奄一息——
他倦怠的头垂下又抬起——
感不到呼吸，也听不到喘息，
于是我知道他已与世长辞。"

1844.12.2

哲学家……

"哲学家，你已想得够多，
冥思苦索了这么长时间，
在这幽暗阴沉的小屋；
而夏天的太阳正金光灿烂——
你心骛八荒，但种种沉思，
又得出什么悲切的调子？

"啊，这段时间里我正想
忘却身份睡个痛快，
不管雨下得一片汪洋，
或大雪将我掩埋！

"没有任何福佑的天国，
能全部或一半兑现这些奢望；
没有什么吓人的地狱，
能以不灭的炼火压制这些不羁的妄想！"

——我这样说了，还将说这些；
——即使面对死神也不改口——

三位神附于这小小的躯体，
白天黑夜都在争执不休。

天国容纳不了他们，
他们聚集于我的心怀，
必定成为我的一部分，
直至我忘却自身的存在。

啊，直至那时刻——在我心间，
他们的争执结束；
啊，直至那一天——当我长眠，
再也没有烦恼痛苦！

"一小时前我看到一个幽灵，
站在你现在站的地方；
他脚下的四周，有三条河，
一样的水深，一样的浪急——

"一条河水金黄，一条红如血色，
一条看起来却是深蓝，
但当三条河的流水汇合，
却成一片大海黑浪滔天。

"那幽灵低下他闪闪的目光，
俯视那片黑海上幽暗的夜，
突然，那深海到处闪烁而明亮，
竟是幽灵以热焰点燃了一切——
白炽如太阳；远比原先
三河各自的源泉更明丽壮观!"

——甚至对那位幽灵，那位先知，
我漫长的一生到处观察追寻；
在天国、地狱、人间、空中到处寻觅，
永不停止寻找——却再也无他的踪影!

我只要见到他明亮的眼睛，
照耀过使我困惑的云层，
我就不会发出这怯懦的喊声，
就停止思索甚至停止生存——

我就不会企求遗忘的照应，
也不会向死神伸手求乞，
请求将这有知觉有呼吸的灵魂，
换成无知无觉无生命的安息。

啊，让我死去，权力和意志
之间的残酷冲突就会停止，

被征服的善，征服一切的恶，
就会在长眠中销声匿迹。

1845. 2. 3

忆 [1]

你在冰冷的地下，又盖了厚厚的积雪！
远离人世，独自在寒冷阴郁的墓里！
当你最终被销蚀一切的时间所隔绝，
唯一的爱人啊，我何曾忘了爱你？

如今，每当我孤单，但难道我的思念不仍
高高盘旋在群山和北方的海岸；
并收翅栖落在石楠和蕨叶丛丛层层
把你高尚的心永远覆盖的地点？

你在冰冷的地下，而十五个腊月寒冬，
已在那褐色的山冈上融成了阳春——
经过这么多年头的变迁和哀痛，
那长相忆的灵魂已够得上忠贞！

可爱的少年恋人，请原谅倘我忘了你，
尘世的潮流载着我滚滚往前推送；
强烈的心愿和隐秘的希望向我进逼，
它们遮掩了你，但绝不会对你不公！

再没有后来的太阳照亮过我的天宇，
再没有第二个黎明为我闪烁发光；
我一生的幸福都是你的生命给予——
我一生的幸福啊，都已和你合葬。

但当充满金色梦幻的日子逝去，
就连绝望也不可能摧毁整个生活，
于是我学会了如何珍惜、加强、继续
生活中现存的一切，而并不依赖欢乐。

于是我戒绝青春的灵魂对你的渴望，
强忍住无谓的激情催发的泪滴，
竭力克制去你墓前凭吊的如火的向往，
那个墓啊，比我自己的更属于自己！

即便如此，我也不敢听任灵魂憔悴，
不敢迷恋于回忆的剧痛和狂喜，
一旦在那最神圣的痛苦中深深沉醉，
叫我怎能再挨过这空虚的人世？

1845. 3. 3

1　本诗手稿上题为《奥古斯塔致朱利斯》，《忆》为 1846 年首次发表时所
　　用标题。

死亡

死神，在我对自己的幸福
最为自信的时候，实施了打击，
接着又一击，时光的枯木，
从永恒的鲜活树根上分离！

时光的枝条上，叶正长得繁茂，
充盈着液汁，沾满银色露珠；
夜间群鸟在它的庇护下歇脚，
白天蜜蜂在它的花间飞舞。

悲伤经过，采摘了金色的花朵，
罪孽又捋去欣欣生长的绿叶；
但在它母枝温情的心窝，
永远流动着生命康复的浆液。

我很少为逝去的欢乐，为空巢，
和沉寂的歌而哀痛忧虑；
希望总是笑着为我驱去苦恼，
轻轻说道："冬天很快便会过去。"

看哪，带着增添了十倍的祝福，
春天将美丽的花朵缀满了枝头；
轻风细雨和温热频频来爱抚，
使它在翌年五月长得满枝风流。

它高耸挺拔，有翼的灾害够不到它；
罪恶躲得远远，因害怕它的光彩：
爱和它自己的生命有力量保护它
免遭一切挫折毁损，只除你之外！

残忍的死神使得枝叶低垂而凋萎！
傍晚轻柔的风或许能还它生机——
不：早晨的阳光嘲笑我痛苦伤悲——
对我来说，开花的机会已永远失去！

且砍去那些枯死的小树，
让别的枝条繁茂旺盛；
至少，它腐败的遗体可以肥土，
从中可以生长出——永恒。

1845.4.10

星星

啊！为什么当太阳灼灼升起，
让大地重绽笑容，
你们便纷纷离去，
留下一片荒芜的天空？

你们睁着亮晶晶的眼，
整夜深情地向我凝视；
我以衷心的一声感叹，
祝福那神圣的注视！

我心境平和，沐浴你们的光辉，
如饮生命的琼浆，
我在多变的梦中陶醉，
如海燕穿越风浪。

星星紧挨，意念相连，
绵延在无边的玉宇，
当美好的感应，不分近和远，
震颤不已，证实了它非玄虚。

为什么黎明要升起，并了断
如此奇妙如此完美的清夜，
以烈火焦灼你宁静的脸，
那儿你的清光正在熄灭？

血红的太阳发出似箭金光，
锐利地直射我的眉额，
大自然之灵得意扬扬，
而我的心却悲哀凄恻！

我闭上眼睛——但透过眼睑，
仍看到灼灼的太阳；
照得雾谷一片金灿灿，
又闪耀在高高的山冈。

我于是卧倒在枕上，
想唤回清夜，却看见
你的世界，满是庄严的光，
又让我和我的心不停震颤！

我无能为力——枕头都闪亮，
屋顶地板一齐发光，
树林里鸟儿在高声歌唱，
清新的风摇动门窗。

窗帘飘拂，醒来的苍蝇
在屋里嗡嗡地飞来飞去，
它们被关在屋内，直至我起身
放它们飞出屋去。

啊，繁星、美梦、温柔的夜晚；
啊，归来吧，良宵与星群！
掩藏我躲过敌意的光线，
那不是温暖，却是火焚——

它吸干苦难者的血；
它嗜饮眼泪，却不食露滴，
让我在它肆虐时沉睡，
醒来只和你在一起！

1845.4.14

一千种幸福的声音

一千种幸福的声音，
仅仅一种真正的伤心，
一声几乎未发出的呜咽——
却噤住了所有的欢声，
遮蔽了天空的光明，
使我觉得是痛苦不幸
在完全地控制这个世界！

阳光照在他的脸颊，
南风吹拂他的头发，
紫罗兰和野玫瑰花
在附近散发馨香气息；
没任何东西预示沮丧，
只要他让自己的思想
避开那片沙漠——绝望，
一天天与它远离。

痛苦太深太真而无法饮泣，
他双眼不动似乎在安息；
却又不时深深地叹气，

那真是极其伤悲；
我很想宽慰他——但我又怎能
令逝者从灵柩中起死回生，
并带来一片希望的光明，
仅以我安慰的泪！

啊，死神，这么多灵魂被驱逐，
从这虚伪的世界，他们把一切献出，
为赢得永久平安的归宿，
那对于苦难者如此珍贵；
为什么你的矛头偏偏对准
那些挚爱圣洁、热情幸福的人，
他们充满了希望，渴望生存，
并因你的打击惊慌地后退？

至少，既然你不让他的生命复原，
就不妨仁慈地再放一箭；
意识到死期迫近最痛苦不堪，
那是比你更难承受的折磨。
他低垂的头受够了雨骤风狂：
最后请赐他一张安静的小床，
就在他死去的亲人旁——
甚至在他渴望的地方！

1845. 4. 22

两个孩子 [1]

果实累累的树枝上，
沉甸甸挂着雨珠；
远远的高地上，
黑压压笼着湿雾。

阴沉沉天空赫然高耸，
雾茫茫海上风急浪大。
有位年轻人心情沉重，
站在孤零零树下。

早晨起密密的云层还不曾
露出一丝蓝天，
自他出生后冷酷的命运，
从不曾对他露过笑脸。

襁褓中命运蹙眉，
孩提时阴云连绵，
守护神根本不知
那个忧郁的少年。

日子飞快地逝去，
一天天悲哀又阴沉；
青春转眼便消逝，
成年后日子更严峻。

百花在凋落之前，
都祈求灿烂阳光；
他也祈求，殊不知
人生之花终未见太阳！

西风从来不想
轻拂他的花叶：
你的花瓣毫无芬芳，
你的露滴冷若冰雪。

记忆中从来没有
亲人的善意爱心；
你的美也一片荒芜，
犹如石上寸草不生。

衰朽了，兄弟，衰朽了，
你白白度此一生；
上天未能保佑的人，

大地也没给什么福分!

1845. 5. 28

1　这首诗原题为两个名字的缩写，无法索解。本诗和下面一首诗在 1850
年初版的勃朗特姐妹诗集中，夏洛蒂改名为《两个孩子》。

367

两个孩子

欢快的孩子！太阳般闪亮的头发，
大海般又深又蓝的双眼；
欢乐的精灵，是什么带你到这儿，
来到这阴沉的天空下面？

你应当生活在永久的阳春，
日子一天天永不阴暗；
天使呵，为什么你竟来这儿降临，
和他一起哭泣悲叹？

"啊，我可不是从天上下来，
我来也不为一掬伤感之泪，
白天多可爱，虽然时有阴霾；
时而云遮雾盖，青春岁月毕竟甜美。

"作为光和欢乐的形象，
我看到并怜悯那苦命的男孩；
我发誓消除他的忧郁悲伤，
而给予他我的光明欢快。

"阴沉黑暗的夜快要过去，
但残夜也许还黑暗阴沉；
愿一切悲伤的人好好安息，
祝像我一样仰望的人好运。

"他不再缺少守护的天使，
他不必再害怕悲惨的命运；
命运很强，但爱比它更有力，
而我的爱比天使的关爱更真。"

期望

这大地对你仍那么美，
仍充满欢悦幸福，
真正的邪恶微乎其微，
悲伤的阴影也不常驻。

阳春带给你如何的荣耀，
仲夏又让你全然忘掉
那阴郁寒冷的冬天！
为什么你仍紧紧把持
青春欢乐的瑰宝，当青春已逝，
你也已临近盛年？

当你的那些少年伙伴们，
他们和你差不多命运和年龄，
含泪看着他们的清晨
已化为沉闷乏味的中午；
要是他们事业未成而夭折，
那他们的心还未尝尽苦涩，
可怜的人呵，为强烈的激情驱策，

成了羸弱无助的猎物！

因为，他们享乐时我仍抱着希望，
一旦得到满足，希望也就消亡；
如同孩子们盼望时怀着真心，
我盼望着欢乐，也珍惜安宁。

"一个睿智的精灵很快教导我，
我们总在渴盼中将生命消磨；
每个阶段的尘世欢喜，
总会消退或变得厌腻——

"我对此有预见，因而并不寻觅
那频频发生的背信弃义，
却以坚定的步伐，平静的脸，
抵制诱惑，坚定自己的信念，
凝视沙滩上波涛滚滚来，
最终隐入无涯的大海。

"那里正抛着我的欲望之锚，
落在深深的不可知的永恒，
不曾让我的精神疲劳，
而盼着什么事将会发生。

"那是希望的神奇魅力，
使大自然万千的奥秘，
无论可怖或是美丽，
在我眼中都闪如青春——

"在我痛苦时希望安慰我，
说那皆是别人受的折磨，
她使我坚强并振作，
以承受与生俱来的厄运。

"愉快的抚慰者，我会提心吊胆，
畏惧坟墓的阴森黑暗？
不，我将微笑着听死神狂吼乱喊，
我的向导啊，因我有你的支持！
目前的命运越是不公正，
我的精神便越欢欣振奋；
你给了我力量，我添了百倍信心，
期待着命运的报偿回赐！"

1845.6.2

写于北方监狱土牢墙上

我知道今夜的风，温柔的八月的风，
正在森林和荒野上空呼啸，
而我正躺在坟墓般的阴冷
潮湿黝黑的石板地的土牢。

我知道收获时节的满月正闪银光，
她不会为我而有半分盈亏的变通，
然而我渴望，苦苦地白白地渴望，
能一睹她那天国般明亮的芳容！

这持续的黑暗多么令人沮丧，
人生的欢乐正迅速衰竭破灭，
它集聚起近乎疯狂的思想，
却不能遮蔽白天的世界。

我责备自己的灵魂——命令它珍视
我自由时它珍视同生命的情谊，
但它叹息着低声说："让记忆死去，
忘却吧，因为朋友们都已把你忘记！"

唉，我还以为他们都在哭泣，
像我一样流泪——却原来不是这样！
他们无忧无虑的眼正在睡眠中合闭，
他们脸上没有愁容，丝毫不见悲伤。

倘我能去他们床前，我将唤起他们，
我的灵魂将搅扰他们的休息，
告诉他们我是如何计算时间一分分，
流逝在黑暗孤寂的深深土牢里！

但，让他们做梦吧，他们在这儿的话，
反而有阴郁的梦扰了我的睡眠；
而躺在守护的月亮星星的微光下，
我睡得十分香甜温暖。

我宁可独自为自己的命运悲哀，
在黑暗的土牢中独自衰弱、憔悴，
也强似在夏日之晨自由地醒来，
发现他们正为我苦难的结局伤悲。

1845. 8

朱利安和罗切尔

屋里静悄悄——人们都已入睡；
只一人望着屋外深深的雪堆；
注视着层层彤云，担心每阵风
旋卷起飞雪迷蒙，吹弯呻吟的树林。

壁炉前多么愉快，地席多么柔软，
没一丝刺骨寒风能透进门缝窗帘；
小灯燃得炽烈，强光照亮了远近，
我修饰它作为漫游的指路明星。

傲慢的主人皱眉，愠怒的主妇呵责，
令佣仆们监视，又以羞辱将我威吓，
但主人夫妇，及窥探的家奴全然不知，
什么天使夜间在荒原雪地留下足迹。

我懒散地漫游竟然走入一座土牢，
也不在乎什么人会在那里受煎熬；
"拉开门栅，快开门，你这看守，别一本正经！"
他不敢拒绝——于是响起刺耳的铰链声。

"我们的客人住的地方太暗!"我一阵咕哝,
只见土牢的铁栅小孔外一片灰黑天空。
(这还是愉快的春天骄傲地欢笑的夜晚)
那狱卒阴沉地回答:"当然,住的地方太暗!"

上帝该原谅我的年轻和说话随便粗心!
我一番嘲笑,当听到潮湿石板上响起铁链声;
"囚禁在三重墙内,难道你真如此可怕,
我们非得用镣铐还给你加锁上栅?"

囚犯扬起她的脸,竟是那么柔嫩温和,
竟如大理石雕的圣徒,或安睡的婴儿,
它是那么细嫩温柔,那么可爱美丽,
痛苦不可能在上面留下阴影或痕迹!

那女囚抬起她的手抚在自己脸上,
"我受到拷打,"她说,"现在仍然有伤;
但你们坚固的插销铁栅都毫无用处,
即便是钢浇铁铸,也不能长期将我禁锢。"

那狱卒一阵狞笑,"我该听信你的夸口;
白日做梦的可怜虫,并同意你的祈求?
或者,以苦苦呻吟让我主人的心肠变软?
哈,那可比太阳熔化这些花岗岩还难!

"我主人说话声音很轻，外表和蔼而仁慈，
但后面潜藏的心却硬过最坚的燧石；
我粗鲁暴烈，但比起深藏于内的凶恶，
比起那鬼魂来，这点粗野真算不了什么!"

一丝轻蔑的微笑，浮起在她的嘴唇，
"我的朋友，"她客气地说，"你没听到我的哭声，
如你能重现我的双亲和我已逝的生活，
那我会悲恸哀求——但这已永远错过!"

她的头垂在双手，美丽的鬈发泻在地面；
土牢似乎在奇异的混沌中飘浮旋转——
"她真的快要死了?"我喃喃自语，却很清晰，
边跪下身去：将她垂落的金发往后捋起。

啊，过去的岁月顿时在我心中一一浮现；
记忆中多么清晰地映出了她幸福的童年；
那位活泼可爱的孩子，那些热烈的狂欢!
你居然从天国的五月一下落入三九严寒?

她认出了我，叹息着说："朱利安勋爵，
那么多的昔日伙伴，而今只有你认得我?
不，别为我的话吃惊，除非你认为这是羞耻；

在被征服的敌人中，有一个你曾熟悉的名字。

"世界无论怎样变化我都不感到惊奇，
我能轻松地忍受你的侮辱蔑视；
既然那些曾以灵魂发誓而赢得我爱的人。
如今能从这活地狱走过而显得完全陌生！

"也没有人恳求或抗辩说我可能死去，
不该在地下而应在宽敞的地上监狱，
枪弹雪刃，或刽子手熟练地大刀一砍——
瞬间爽利的痛快代替没完没了的苦难！

"然而，请勋爵告诉他们，我不该如此命薄，
一年年在黑暗和凄凉绝望中受尽折磨；
有位希望的使者每天夜里都会前来，
许诺我短暂一生中永享自由自在。

"他驾着西风缓缓来，像傍晚漫步徐行，
披了天上的夜色和满天繁密的星星，
轻风的调子忧郁，群星的光芒温柔，
稍纵即逝的幻象令我渴盼得无法忍受——

"渴盼着在我的成年时代所未知的东西，
当计数未来的苦泪时，欢乐变得疯狂着迷；

当我心灵的天空充满了温和的闪光，
我不知它们哪儿来，来自风暴或太阳；

"但首先一阵沉默，陷入无声的寂静，
结束了苦恼和热切渴望之间的斗争，
无声的音乐抚慰我的心——冥冥中的和谐，
那是我至死都无法梦想到的音乐。

"随即灵界破晓，幽冥将它的真相显示，
我外部的感觉消失，内在的本质感知——
它的双翼几乎自由，并找到它的家园，
测试它降落的深渊，敢于超越最后界限！

"啊，那压抑真是可怕——疼痛那么强烈，
当耳朵有了听觉，眼睛恢复了视力，
当脉搏开始跳动，大脑又能思考，
心灵感知了肉体，肉体感知到镣铐！

"但我不会减少痛苦，并不指望少受酷刑，
越多痛苦折磨，越会早日得到新生，
披了地狱的炼火，或带天国的光明，
假如是使者死神，那景象也十分神圣。"

她停止了说话，我默然注视着她，

此刻不敢去碰哪怕一绺她的柔发——
因我曾蔑视地跪着，仍跪在阴湿的地上，
我的手触摸着那铁镣坚硬而冰凉，

我听见，又未听到，狱卒在吼叫在发火，
我看到，又未看见，石板地潮湿而恶浊。
狱卒在锁起的门旁来来去去走个不歇，
边走边气得颤抖，边颤抖边骂骂咧咧。

我的脸颊火一般发烫，当听出他在乱骂，
骂那坟墓般的潮湿，寒气几乎把人冻煞，
他怒冲冲地咕哝："我们在这儿已两个多小时。"
然后，从皮带上解下他那生锈的土牢钥匙。

他说："朱利安勋爵，再待一会你也许很乐意，
但我的职责却不允许我整天留在这里，
如果可以离开，我留给你这监守的标志；
毫不怀疑你会是个好看守，严厉而忠实。"

我接受了这授予的职责；女囚垂下的眼睑，
那密密的睫毛底下突然的亮光一闪：
天堂并非高不可攀，希望不曾绝亡；
我理解她被恐惧抑制着的渴望的眼光。

于是像个温顺的小孩，把小手攥起，
好奇急切地把一只小鸟握在手里，
但当看到它的褐色眼睛那么充满恐惧，
他不禁泪涌满眶而放他的宝贝飞去，

这样，同情和自爱便一起用力撕扯
他那刚受了怜悯、崇拜教诲的心；
假如我砸开镣铐，我的小鸟便会飞去，
但我必须这么做，否则她会永坠苦狱。

思想在斗争：什么休息和安宁会宽慰我，
当她衰弱地躺在那儿等死神把她解脱？
"罗切尔，土牢中满是仇视我们的敌人——
你还年轻，岂能死于这么苦难的命运！"

我匆匆地一下下砸开了镣铐，
全不顾及日后是否会悔恨懊恼。
啊，我得到主动热情的拥抱作为感激，
看到她天使般的脸上有微笑洋溢！

我真是幸福——啊，超过了我的梦想，
当她不惯中午的阳光而晕眩躲在一旁，
虽然天地很大——那么广阔的天宇，
但它的羽毛有伤，还不会立时飞去。

经过惊恐欢喜而焦虑的十三个星期，
我守护着她日日夜夜形影不离，
当仇敌在暗中窥探，死神贪婪地守候，
唯有希望始终是我忠实的朋友。

于是我经常听到亲戚们嘲笑奚落，
"朱利安现在这么恋家，家成了掩蔽所，
不管喇叭怎么召唤，战旗怎么飘扬，
朱利安再无心思去拼杀疆场。"

而我，是那么敏捷地回敬以冷笑，
对懦夫的胆怯随时以轻蔑回报，
我保持平静，那是良心让我沉默，
看着亲戚们辞去——我仍守在家里不出。

另一只手举起我的合法旗帜，
在为自由而战的沙场上积聚我的荣誉；
然而我没有兴趣去博取那份光荣——
它需要更勇敢的精神面对世界的嘲弄。

凭那敢向世界挑战的耐心和力量，
心情泰然地忍受蔑视和诽谤中伤，
从不怀疑地爱，并始终倾心相待，
罗切尔，最终我赢得了你对等的爱！

我的灵魂绝不懦弱

我的灵魂绝不懦弱，
在世界上的风暴频仍之区也不颤抖忧虑：
我见到天堂的光辉闪烁，
同样闪烁的信仰使我克服着恐惧。

啊，上帝在我心里，
无处不在的全能的神！
生机寓于我体内休息，
我未亡的生命，因你而力量倍增！

那千百种信条终属空虚，
虽打动过人们的心，却是完全徒劳；
如枯死的杂草毫无用处，
或如无边大海上泡沫空泛浮漂。

妄想令一位因你的无所不在
而坚定信仰的人产生怀疑；
他的锚牢牢泊在
不朽的坚固的岩石。

以无所不包的爱，
你的精神激活了无穷岁月，
渗透及庇护笼盖，
改造、支持、交融、创造并培育。

纵然地球和人类都消逝，
恒星和宇宙也都失去，
唯独剩下了你，
每种存在都将在你身上继续。

但不留位置给死神，
哪怕是最微的空间，以免它造成荒废：
既然你是上帝和它的精神，
你的存在永不会被摧毁。

为什么要问日期和地点

为什么要问日期和地点？
它们只不过是一些字眼；
人们向上帝下跪，崇拜罪恶，
像我们这样，蹂躏无助的弱者。

但从长期的内战混乱和灾祸，
他们也学会适应，
嘲笑死亡和旁观生活，
只稍稍带一点同情。

这是一年中的秋季，
辛勤的农民最珍惜的日子；
一周又一周，一天天不间歇，
九月明亮得如同六月——
但，没有一个人挥镰干活，
去把田间的庄稼收获，
任那牛奶般香甜的谷穗，
被战马的铁蹄践踏损毁，
又在打谷场上不断揉捶，

泥土中渗着人们的血泪。
有人说天上的纯净雨水，
几乎不会再庇护他们的田地：
不——天始终是那么温和慈祥，
解除了人们眼中对饥饿的恐慌——
七月里多阵雨晨露闪光，
八月却蓝天晴和明亮空旷。
没有比这更好的收获季节，
要是丰收之果成熟并得以采撷。

我承认是因为仇视别人，
又渴望获得现已遗弃的财物，
才使我离开自己的乡村，
来到这多难的国度。

热血斗士——以这中听的名义，
我作为异族人也拔出长剑，
去解救一个民族，他们分属两面大旗，
为忠君或为自由而内战——

当亲属内讧——愿上帝帮助弱者！
祈求兄弟怜悯真是白费口舌：
起先，加入他们的残酷斗争，
实在有悖我的骑士精神；

但我逐渐变得心硬——我能
面对苦苦哀求仍一脸凶狠；
我会像他们一样，充耳不闻
遭受酷刑者的呻吟。
凭武力我觉得——我有什么权力，
说什么被征服者不应当死？
发什么善心去救一个颤抖的敌人，
当每天有上百人被葬入坟？
然而，仍有些面孔令人产生
一瞬间掠过的恻隐之心。
仍有些结局使我感知
我并不是心如铁石——

我常见聪明人害怕担忧
碰上他们预见的痛苦不幸；
表面懦怯的人却高贵地承受
连勇士都敬畏而悚惧的厄运。

我见过许多怪事：有些人能够
终其一生骄傲地将秘密保守。
临死时却把它泄露——
奇怪的勇敢也是奇怪的弱点，
在那种时刻大多不会隐瞒，
生性胆怯者会陡生勇气，

做出亡命之徒也回避的事。
这些以后再说，暂且按下不提；
请随我的思绪而去：
整个昨夜和整个今天，
那一幕情景仍恍若眼前——

树林成荫的溪谷里，一轮圆月
在清朗夜空中光华皎洁；
一派庄重的景色，宁静而开阔；
远远的山上闪着一堆火——
火光成排，而在深深的下面，
另一堆火沉闷而幽暗——
那是灼红的焦炭、熏黑的石块和石灰，
在燃烧的骨头上积成一堆；
血红的火焰舔着树木枝叶，
又在大片血泊中渐渐熄灭。

但是昨夜——不！别管它，
让街道郊区在那儿暗燃吧——
浓烟飘在弯弯的幽谷，
它们那么远，不至于让我烦恼厌恶。

枪杀了八十人——都是强壮的老兵，
只剩一个——他们的头目——是个年轻人，
他被扔在他们的房子里，

满身是伤，已奄奄一息。
我们违背他的意愿留他一命，
因他苦苦求一死不愿偷生——
我们伫立一旁看他潸然泪下，
我们的队长不禁冷冷地嘲笑！
"此刻上帝也禁止，"他一脸轻蔑，
"我们的手再沾染高贵的血，
如处决普通囚犯——好生活着吧，
倘真的想死还得好好谋划。
如果是穷人我们有时还听
那卑怯的恳求而饶他一命
倘若遇上富人我们可要
处死他之前好好捞一票。
噢，我们还给国王们建造了城堡，
戒备森严的高塔，侧厅也十分坚牢，
扶壁九尺厚，看守得相当紧，
还有锁链铁销和哨兵！
我们给暴君们的住所造得那么森严，
知道他们喜欢住得安全——
我们对王族的敬意，
也延伸到你的住处和你！"

那恳求的人呻吟着，他潮润的双眼，
一片昏花，因悲痛而暗淡，

这高贵的人再难以忍住
这恶毒的嘲笑，这羞辱的痛苦。

他曾担当头领，是何等的雄杰，
渴望着厮杀，骄傲地流血。
在战斗的风暴中是条汉子，
在随后的宁静中却成了婴儿。

在城边耸立着他的府邸，
四周环绕着森林和草地，
那儿倒下了我们受伤的战士，
垂死时享受了富人的悠闲舒适。

没有人能像他那样享受
人生的奢侈荣华而无虑无忧；
确实就连我们的牧师也说，
"人生的美事他已消受得够多。"

我们将他扔在一间空房，
满月的清辉洒在他的脸上，
月光透过晃荡的玻璃窗和废墟。
显示出枪战炮轰的残酷惨烈。

我在一旁看守他死寂的床，

根本不管他仍活着还是已死亡——
不，我只能恶狠狠地咒骂连声，
他没完没了的呻吟让我不得安宁。

那将太艰难太残忍，若骂他一句：
"让你卑贱的灵魂快坠入地狱！"
但那时我困得眼皮贴在一起，
要想不睡熬过长夜还真不容易。
囚犯和看守都困乏不堪，
苦恼凄惨地将黎明渴盼，
即便明知黎明只会带来
更强烈更难熬的痛苦悲哀。

它慢慢、渐渐地来了！阴沉的小屋
随着黑暗渐去变得更阴郁可怖；
但当西风暖暖地吹起，
我感觉自己脉搏又跳得有力，
我朝他看去——晨光和微风
再不能让那具肉体起死回生。
他躺着，几乎不再感觉疼痛——
也不再感觉到我的手摘取
他钟爱的精巧闪亮的小挂饰，
那宝石戒指和精美的小盒，
盒中可见美人卷曲的柔发，

那深深褐色向我揭示
一段忠贞的爱情故事。
"可以毫无遗憾地离开这世界，"
我带着轻蔑的口吻自言自语，
"世上可怜的人们很快便忘却
你高贵的名字，当你一旦死去！
那仍属幸运，假若多年的耻辱，
能如高贵的名字一样夭亡消除——
假如上帝并不索取利润，
而人的生命却终究会穷尽！"
我说了这些鄙视的恶言恶语，
实是对垂死者的莫大侮辱，
至今它们仍使记忆灰暗，
让我脸上发烧，心中不安。
我知道正义会一一记录，
对那些血腥的日子实行报复；
不是为了流血而为罪恶，
那将仁慈的声音窒息的罪恶。

抛洒鲜血并不留下痛苦，
是我的良知让我不安，
数落我曾口吐怨毒，
使尽思想及各种语言，
去诅咒奄奄一息的敌人。

我仍喃喃地说着，一边祈祷：
"上帝会有回报，——上帝会有回报！"

他果真很快而巧妙地报应，
那让他倍加受苦的恶行，
那施放毒箭穿透自然
射向上帝之灵的罪愆，
我残忍的舌头该受诅咒惩罚，
我的囚犯听到了我的话；
一道知觉的微光倏忽间，
闪映在他那枯槁的脸，
他颤动的眼睑下闪过的眼神，
足以融化了魔鬼的灵魂，
一阵默默的祈求远比
任何说出的请愿更为有力；
忍着身上的剧痛恳求，
不是向我而是向仁慈的源头，
至今我回忆起那目光那呻吟，
便不由绞紧双手痛苦万分；
而那时我的心比铁石还硬，
没有丝毫的同情怜悯。

我掠走赃物把他留在那里，
他无法呼吸晨间的空气，

以振作精神将绝望抗拒，
我根本不睬他悲凉的呼唤，
那是因死而泣，哀哭着死去。
我留他在那儿，不加看管，
急切地搜索外面的庭院，
那儿在一道石头水槽下方，
冰冷的泉水汨汨流淌。
泉水流经的水洼里，
一片血红色十分奇异。
我喝了几口，几乎没注意那颜色；
而我的食物也染上了红色。
当我出去，只见个瘦削的女孩
衣衫褴褛、头发蓬乱，
样子十分可怜凄惨，
她举起孤弱的手
为探看父亲向我乞求。
我将那小东西一脚踢开，
"你那老头子已经完蛋
就像你活不过今天，
除非你赶快说出来——
他们把你父亲的金子埋在哪里。"
然而在疼痛的间歇里，
他听到我的辱骂，又呻吟起来，
我恶声恶气模仿他的呻吟，

问他为什么还不早点死，
死得高傲些——别再哼个不止。
他的古老的名字蒙尘至此，
难道不是莫大的侮辱和羞耻。
正在这时一位士兵匆匆进来，
"哎呀，"他喊道，"罪孽生出祸灾，
他们发誓说，为每个遇害的士兵，
要在明晨前吊死我方五人，
他们抓去了我军掉队的六十三人，
三十人出自同一连队，
都是我父亲家的人，
而你只有一位——
他们已把你的儿子抓去。"
我不禁跪倒在我的囚犯脚下，
绝望中我毫无别的办法，
"既然你想拯救自己灵魂出地狱，
快命令他们放了我的儿子，
否则世间的仇恨绵延无涯，
将摧折你的每朵孤儿之花。"
他抬起头——稍稍脱离死神的魔爪，
他苏醒过来——几乎在微笑，
"昨夜我失去唯一的孩子，
两次在膝前，两次在我怀里
你刺杀我的孩子一边还嘲笑我，

因此，"他用哽住的声音继续说，
"我相信上帝，她已经死去，
然而我不想对你，甚至对你
再报以这样的残酷打击。
我知道这是多么可怕的不幸，
我不想使你遭受这悲痛，
请你写下叫他们不得伤害儿童，
写下这是我最后的祈求。"
我写了——他签上名——于是这
从血淋淋的坟地救出我的宝贝儿子，
啊，那时我的心灵几乎发疯，
渴望着能给他新的生命。
不再理会我的感恩戴德，
他在我面前已静静死去，
但我怀着忧伤的心依然觉得，
我看着他仍似昨天那么清晰，
那悲痛的脸哀求着抬起，
不是对我，而是向着仁慈的上帝。
我无法救他，而他的孩子
我发现仍活着，想好好抚育，
但她充满了极度的哀思，
恨我就像我们恨地狱；
因不胜厌烦她狂野的悲苦哀戚，
一个无月的夜晚我放她离去。

何必问何时何地

何必问何时何地？
那儿住着我们人类，
从远古便崇拜权力，
对成功的罪恶膜拜顶礼，
对孤苦无援的弱者横加迫害，
摧残正义，尊崇邪恶，
假如邪恶强大，正义虚弱。

杀人嗜血，却又把眼泪流，
贪婪着财物又自我诅咒；
却以无谓的祈祷嘲弄上帝，
因对残忍者宽恕仁慈。

这正是一年中晴朗的秋天，
当谷穗渐渐黄熟，渐渐饱满；
一天天过去，从中午到中午，
八月的太阳如六月热如火炉。

但我们睁着漠然的眼睛，

看着喘气的大地、闪耀的天空；
没有人紧握镰刀收割庄稼，
也没人在田野把它们捆扎。

我们的玉米收获在几个月前，
脱粒付出了血的代价，
玉米粒如牛奶一般香甜，
却遭受敌骑的疯狂践踏；
而我，在异邦土地上双倍受诅咒
因我既不为自己也不为上帝奋斗。

屡遭责难，却总是再三回首

屡遭责难，却总是再三回首
那与生俱来的初萌之情，
放弃对财富和学识的劳碌追求，
只为空茫而散漫的梦影：

如今我不再寻求虚幻之域，
那广漠难以持久，陷于沉闷，
憧憬一幕幕升起接续，
将梦想世界出奇地拉近。

我将前行，但不循昔日英雄的足印，
不是那条高扬的德行之路，
我不会加入那依约可辨的脸群，
那是久远历史上的身影，现已模糊。

我将前行，任自己的天性引领而去，
另择向导只会徒增烦扰：
到灰色羊群觅食的蕨丛山谷，
那儿狂风阵阵在山边呼啸。

孤寂的山峦有什么值得袒露？
有多少荣光和悲痛，超出我的言语：
大地，正唤醒一颗心灵去感悟，
唯有这个中心能汇聚天堂和地狱。